詩裡的大唐

上

由詩人的命運與詩作交織成的大唐史

最愛君——著

目錄

自序

把「唐詩」反過來，講給你聽

唐代中期有個詩人叫李涉，在我們今天看來不是大詩人，在當時卻很有名氣。李涉曾任國子博士，人稱「李博士」。

有一次，李涉經過九江，遇上了一夥強盜。

強盜們手執刀槍，喝問：「船上何人？」

僕人回答：「是李博士。」

「是不是李涉博士？」

僕人又答，是的。

強盜們說：「如果眞是李博士，我們不要他的錢財了。久聞詩名，希望他能給我們寫一首詩。」

李涉聽罷，鋪紙磨墨，當場寫了一首絕句：

井欄砂宿遇夜客

暮雨瀟瀟江上村，綠林豪客夜知聞。
他時不用逃名姓，世上如今半是君。

強盜們拿到詩，忘記了打劫的本行，拜謝告辭而去。

這樣的「奇遇」放在哪個朝代都不可能發生，除了唐朝。

聞一多先生曾經說過：「一般人愛說唐詩，我卻要講『詩唐』，詩唐者，詩的唐朝也，懂得了詩的唐朝，才能欣賞唐朝的詩。」

唐詩——唐朝的詩，是每個中國人都會背幾首的，但詩唐——詩的唐朝，卻不是所有人都瞭解的。

究其原因，唐詩太美，使得誦讀它的人純粹陶醉於它的美，而忘記了它產生的時代和背景。那些穿越千年仍然閃閃發光的詩行，在歷史的流轉中獲得了普遍的意義，同時也丟失了特定的場域。

您現在打開的這本書，正是爲了還原唐詩產生的特定場域而作。有別於市面上從文學視角講唐詩的書籍，我們希望響應聞一多先生多年前的號召，寫作一本從歷史角度講「詩唐」的書。

詩以紀史，史以入詩。《全唐詩》保存的四萬九千多首唐詩中，滲透著大量的唐代歷史資訊，涉及詩人命運、政治生活、經濟發展、歷史地理、戰爭、宗教、民族關係、社會變遷、環境保護等眾多史實領域。

以晚唐詩人皮日休的〈汴河懷古〉爲例：「盡道隋亡爲此河，至今千里賴通波。若無水殿龍舟事，共禹論功不較多。」詩中講述隋煬帝開鑿大運河，改變了中國此後歷代的漕運格局、都城遷移、經濟重心等豐富的史實和細節。

大詩人杜牧的〈過華清宮〉：「長安回望繡成堆，山頂千門次第開。一騎紅塵妃子笑，無人知是荔枝來。」唐代時，秦嶺山脈仍然覆蓋大量的原始森林，四川地區氣候溫暖，可以出產荔枝（唐代以後氣候趨冷，已無法再種植），所以唐玄宗爲楊貴妃快遞的荔枝，是從四川經蜀道運輸到關中地區的。這裡就涉及了氣候、古蜀道等環境與地理問題。

白居易的〈長恨歌〉中「漁陽鼙鼓動地來，驚破霓裳羽衣曲」，杜甫的〈春望〉中「國破山河在，城春草木深」，以及〈石壕吏〉中「暮投石壕村，有吏夜捉人。老翁逾牆走，老婦出門看。吏呼一何怒，婦啼一何苦」……這些唐詩則描述了安史之亂對君王愛情的終結，對長安城的毀壞以及對民間造成的深沉苦難等一系列廣闊的社會歷史圖景。

元稹的〈縛戎人〉：「萬里虛勞肉食費，連頭盡被氈裘暍。華裀重席臥腥臊，病犬愁鴟聲咽嘔。中有一人能漢語，自言家本長城窟。少年隨父戍安西，河渭瓜沙眼看沒……」此詩則講述唐帝國在西域地區與吐蕃、阿拉伯帝國的爭霸，安史之亂後河西走廊陷落，大唐孤軍駐守西域，部分士兵被俘虜後留下了慘痛的回憶，中間涉及唐代民族關係及中亞國際歷史。

而晚唐詩人韋莊的名詩〈秦婦吟〉：「華軒繡轂皆銷散，甲第朱門無一半。含元殿上狐兔行，花萼樓前荊棘滿。昔時繁盛皆埋沒，舉目淒涼無故物。內庫燒為錦繡灰，天街踏盡公卿骨……」表現了唐末黃巢起義後，在黃巢起義軍和朝廷官軍的反復爭奪下，長安城遭遇了毀滅性打擊，整個貴族階層面臨滅頂之災。在詩歌哀痛的亂世中，唐朝的悲劇性走向，正滲透在一行行詩史相契的文字裡面。

……

我們在這本書中採用新聞特稿式的寫法，參考大量基本文獻，希望從一個新的角度引領讀者瞭解「詩唐」，從而讀懂唐詩。

在中華文明的長河中，為什麼唐詩的生命力如此旺盛？我想，歷史的詩意若隱若現，無疑增添了它的魅力與傳播力。唐詩被中國所塑造，同時也塑造了中國。

生老病死，悲歡離合，無論古今，人類的情感是共通的。我們相信，若能深入古人的情境與內心，歷史自然就活了起來。

本書的三名作者分別是鄭煥堅、吳潤凱和陳恩發。其中，鄭煥堅和吳潤凱都是《南方都市報》原高級記者。本書的絕大部分文章，初稿首發在微信公眾號「最愛歷史」。承蒙八十餘萬粉絲和讀者的厚愛，多數文章均擁有了不俗的閱讀量，並獲得了一些不錯的評價。同時，部分文章被《同舟共進》、《青年文摘》、《廉政瞭望》、《南方雜誌》等刊物轉載刊發，謹致謝忱。至於書中的謬誤，還望諸位多寬容，多批評，多指正。

人比任何概念都重要。那麼，請跟隨大唐詩人們的腳步，開啟這趟歷史的旅程吧。

最愛君

二〇二〇年九月三十日於廣州

開篇

絕版月色

另類唐詩極簡史

西元六一八年，當李淵奪下表弟楊廣的江山時，他估計想都想不到，自己會是開啟一個偉大朝代的高祖。

唐朝的偉大，在於開放、包容和自信。但要沒有詩歌，這種偉大，至少要打個五折。

請記住，是二千多個留名至今的詩人，托起這個值得膜拜的朝代。

沒有一個朝代像唐朝一樣，留下這麼多家喻戶曉、膾炙人口的詩篇。你能想到的任何古典意境、傳統事物，以及人的所有情感，都被唐朝人寫盡寫絕了。

以天上的那輪明月為例，它至少被唐朝人寫了五千多次。統計《全唐詩》，總共四萬九千多首詩裡，寫到月亮的有五千三百七十七首，占了約百分之十一。流行的《唐詩三百首》中，涉及月亮的詩八十一首，占比高達百分之二十七。

一個當紅的詩人，沒有一首寫月的詩流傳下來，就好比當下的明星不上一檔爆款綜藝節目，不算真的流量明星。

有人說，唐詩的不凡，大約是從六七六年的一場溺水事故開始的。在此之前，開國五十多年，出過不少詩人，但，都是長長的鋪墊。

王勃

那一年的冬天，長安城裡的文化人都在給一篇文章點讚。唐高宗命人取來一閱，讀到「落霞與孤鶩齊飛，秋水共長天一色」時，不禁連拍大腿：「千古絕唱，此乃天才！」越讀越過癮，唐高宗接著問道：「現在，王勃在何處？朕要召他入朝！」底下人吞吞吐吐：「王勃，已落水而亡。」

這篇讓皇帝癡迷不已的文章，叫〈滕王閣序〉，是王勃前往交趾看望父親，路過南昌時寫的「命題作文」，結果一炮而紅，紅到現在。

以至於人們似乎忘記，他不僅作文一流，寫詩也是一絕，排行「初唐四傑」之首。他寫過月亮，有好幾首。最有味道的是〈山扉夜坐〉。

山扉夜坐

抱琴開野室，攜酒對情人。
林塘花月下，別似一家春。

明月下，有花，有樹，有琴，有酒，還有情人。這樣的春夜，不僅是王勃個人青春的寫照，也象徵了唐詩的青春飛揚。

但他寫下〈滕王閣序〉的次年夏季，探望完父親，返程渡海途中，遇上大風，不幸溺水，驚悸而死。

時年僅二十七歲。

唐詩的青春正在逐步綻放。比起英年早逝的王勃，我們對另一個詩人的記憶，更加短暫和絢爛。

張若虛

這個叫張若虛的詩人，生平比他的名字還虛。他就像大唐詩壇的一場煙花表演，美呆了，之後，沒有留下任何冗餘資訊，除了他的兩首詩作。

我們只知道，他大概活躍在七世紀中期到八世紀前期，可能是揚州人，曾經出任過一個較爲卑微的武職。

和他一起並稱「吳中四士」的其他三人——賀知章、張旭、包融，留下的個人資訊都比他豐富多彩。

但是，到頭來我們記住的，不是詩人的虛名，而是他的作品。

春江花月夜

春江潮水連海平，海上明月共潮生。
灩灩隨波千萬里，何處春江無月明。
江流宛轉繞芳甸，月照花林皆似霰。
空裡流霜不覺飛，汀上白沙看不見。
江天一色無纖塵，皎皎空中孤月輪。
江畔何人初見月？江月何年初照人？
人生代代無窮已，江月年年望相似。
不知江月待何人，但見長江送流水。
白雲一片去悠悠，青楓浦上不勝愁。
誰家今夜扁舟子？何處相思明月樓？
可憐樓上月徘徊，應照離人妝鏡台。
玉户簾中卷不去，擣衣砧上拂還來。
此時相望不相聞，願逐月華流照君。
鴻雁長飛光不度，魚龍潛躍水成文。

昨夜閒潭夢落花，可憐春半不還家。
江水流春去欲盡，江潭落月復西斜。
斜月沉沉藏海霧，碣石瀟湘無限路。
不知乘月幾人歸，落月搖情滿江樹。

聞一多說，〈春江花月夜〉是「詩中的詩，頂峰上的頂峰」。

唐詩寫月的起點，被張若虛拉得太高太高了，堪稱孤篇壓倒全唐，以至於後來者一寫起月亮，就恍如活在無盡的焦慮裡。

很多詩人終其一生，都想擺脫張若虛的影響，結果都不自覺地成為他的模仿者。成功脫離模仿、不走尋常路的，一定是另一個偉大的詩人誕生了。

六八二年左右，長安城舉行了一場個人「音樂會」，表演者是個來自四川的富二代。

陳子昂

陳子昂起初在長安默默寫詩，默默地，果然沒人關注。

不知道怎麼回事，有一天突然開竅，花天價去街頭買了一把胡琴，就跟幾年前某富豪拍下雞缸杯一樣，一下子就上了頭條。

他趁熱打鐵，廣發請柬，說明兒就開個音樂會。把社會名流都「騙」過來之後，他當場行為藝術了一把，把天價琴一摔，來了段 freestyle：今天來的人不少，我不彈琴寫離騷，我的詩莫名地好，但你們就不知道，不是我心高氣傲，陳子昂絕對會爆！

於是，現場分發資料，推廣自己的詩。

經過這場表演，陳子昂「一日之內，聲華溢都」。

春夜別友人二首（其一）

銀燭吐青煙，金樽對綺筵。
離堂思琴瑟，別路繞山川。
明月隱高樹，長河沒曉天。
悠悠洛陽道，此會在何年。

當所有詩人說明月見證了團圓的時候，陳子昂說，明月見證了朋友間的別離。無論做人還是寫詩，他總是這麼特立獨行，不入流俗。

只有不按常規出牌的人，才會相互欣賞。武則天在位時期，很欣賞陳子昂的才華，授予其右拾遺官職。

然而，直言敢諫的陳子昂，總是受到排擠和打擊，三十八歲就辭職還鄉。三年後，他被奸人所害，冤死獄中。後人尊稱他為「詩骨」。

陳子昂死後十八年，西元七一八年，四十歲的張九齡應詔入京。這一年，是開元六年，盛唐氣象漸入佳境。

張九齡

在唐朝詩壇上，張九齡是繼陳子昂之後，力排齊梁頹風，追宗漢魏風骨，打開盛唐局面的重要一人。

張九齡後來成為開元盛世的最後一個名相。他被李林甫排擠後，大唐政事就開始變壞了。

據說，張九齡的風度無人能及，這讓唐玄宗念念不忘。在他去世後，每逢有人舉薦人才，唐玄宗總要追問一句：「風度得如九齡否？」

望月懷遠

海上生明月，天涯共此時。
情人怨遙夜，竟夕起相思。
滅燭憐光滿，披衣覺露滋。

不堪盈手贈，還寢夢佳期。

如果說，把「江月」寫得最絕的是張若虛，那麼，寫絕了「海月」的，正是張九齡。

張九齡被貶荊州時，招了個年近半百的當地人做幕僚。此人當時詩名已經很盛，連李白都很膜拜，說「吾愛孟夫子，風流天下聞」。

孟浩然

孟浩然一生與山水田園爲伴，但並非沒有用世之心。他曾兩次入長安求取功名，名動公卿，卻仕途困頓。

在宰相張說（一說是朋友王維）的府中，他偶遇唐玄宗，當場朗誦自己的詩，讀到「不才明主棄」一句時，唐玄宗龍顏大怒，打斷他說：朕從不知道你，談何拋棄你，爲何汙衊朕？這對孟浩然是一次巨大的打擊，此後，他的功名心漸漸淡了下來。

宿建德江

移舟泊煙渚，日暮客愁新。

野曠天低樹，江清月近人。

這種近乎白描的詩歌寫作，是孟浩然的拿手好戲。

聞一多評價說：「淡到看不見詩了，才是眞正孟浩然的詩；與其說是孟浩然的詩，倒不如說是詩的孟浩然。」

西元七四一年，王維經過襄陽，發現孟浩然已經過世，傷心不已，寫下了「故人不可見，漢水日東流」的悲情詩句。

王維

人世間有太多的事情，不是美好的意願所能左右。

孟浩然大半生歸隱田園，卻拼命想做官；而王維一生都在做官，卻拼命想歸隱田園。造化弄人，大抵如斯！

王維的父親早逝，長子代父，他早早就擔負起家庭重擔。這逼得他只能小心翼翼地藏起田園夢，謹小愼微地在帝國中做一個小官，養家餬口。

對他來說，生活不僅有田園與詩，還有眼前的苟且。

鳥鳴澗

人閒桂花落，夜靜春山空。
月出驚山鳥，時鳴春澗中。

所有唐朝人的詩中，可以說王維寫的月亮，最能抓住人心。除了「月出驚山鳥，時鳴春澗中」，他還寫過「深林人不知，明月來相照」、「明月松間照，清泉石上流」等美好的句子，頗能慰藉和淨化人心。

他自己就想從無聊的官場生活中逃離，本身就有這種心理需求，所以總能擊中人的內心，產生共鳴。

不得不說，在唐詩歷史上，七〇一年是一個偉大的年分。它不僅誕生了「詩佛」王維，還誕生了「詩仙」李白。

李白

有意思的是，這一對同齡人，均爲當時的詩壇大咖，擁有孟浩然、王昌齡等共同的朋友，彼此卻並不認識。很讓人懷疑，他們之間是否有什麼過節。

不說別的，性格差異就十分明顯。

王維一生處在自我懷疑之中，李白則始終自我感覺棒極了。給他一根棍子，他就有自信撬動整個帝國。

據說有一次李白奉詔入宮，在唐玄宗面前，讓高力士幫他脫靴，因此得罪了高力士。

但李白壓根不在乎這些。

哪怕明天是世界末日，今天，他也要寫出一首最好的詩。

靜夜思

床前明月光，疑是地上霜。
舉頭望明月，低頭思故鄉。

李白筆下的這輪明月，絕對是中國歷史上最廣爲人知的明月。上至八十老嫗，下至三歲幼童，幾乎人人能背。

他與明月的淵源頗深，以至於人們都寧願相信，他是酒後捉月，溺水而死。

現代詩人余光中這樣說李白：「酒入豪腸，七分釀成了月光，餘下的三分嘯成劍氣，繡口一吐就半個盛唐。」

有人會問，另外半個盛唐呢？答案是，在杜甫那裡。

杜甫

如同硬幣的兩面，盛唐有了浪漫主義詩人的傑出代表李白，也有了現實主義詩人的最佳典範杜甫。

苦難出詩人。杜甫的一生，實在太苦。他的饑餓記憶，催人淚下。

安史之亂爆發那一年，即將顛沛流離的他，路過故鄉，順便回家看看，尚未進家門就聽到哭聲。原來，是他的小兒子餓死了。

多年後，饑餓難當的他，對著地方官員送來的白酒、牛肉，「甫飲過多，一夕而卒」，撐死了（此事見於《明皇雜錄》，新、舊唐書皆採用此說法，有爭議，現多認爲是病死）。

這是他個人的不幸，但更是時代不幸的寫照。

唐朝由盛而衰，杜甫作爲親歷者，以詩代史，如實記錄了下來。後人稱他的詩爲「詩史」。

月夜

今夜鄜州月，閨中只獨看。
遙憐小兒女，未解憶長安。

香霧雲鬟濕，清輝玉臂寒。
何時倚虛幌，雙照淚痕乾？

這是杜甫的柔情細膩之作，明明是自己想念妻兒，卻說妻子想念自己。譴責戰爭，最有力的方式不是聲嘶力竭地喊口號，而是把一個家庭的離亂展示出來。

有一句話：世上只有一種英雄主義，就是在認清生活眞相之後，依然熱愛生活。杜甫就是這樣的英雄。

年長杜甫十來歲的王昌齡，歌頌的卻是另一種英雄主義。

王昌齡

就文人而言，唐朝是個人口流動性很大的朝代。由於疆域廣闊，他們會主動或被動地天南海北去旅行遷徙。

邊塞詩，就是這樣一個特定時代的產物。

當然，朝廷希望詩人們透過邊塞詩反映「盛唐之音」，但詩人們總會看到維持廣闊疆域背後的極大代價。

出塞二首（其一）

秦時明月漢時關，萬里長征人未還。
但使龍城飛將在，不教胡馬度陰山。

這首詩被譽為唐人七絕的壓卷之作。今人不見古時月，今月曾經照古人。寫「秦時明月」，其實是在借古時月色，寫當下問題。

邊疆戰亂的平息，急需朝廷起用真正的英雄，言下之意，是否意味著當時戍邊的將領都是狗熊呢？

借古諷今，王昌齡絕對爐火純青。

高適

高適與王昌齡、岑參、王之渙，合稱「邊塞四詩人」。當時有一股軍旅熱，文人多愛往邊疆跑，想在戰場上建功立業。

結果，高適沒以赫赫戰功名垂青史，反倒寫了不少邊塞詩。名氣越來越響。

塞上聽吹笛

雪淨胡天牧馬還，月明羌笛戍樓間。
借問梅花何處落，風吹一夜滿關山。

有評論稱，高適的邊塞詩，在冰寒之中包含著熱力，在荒涼之中蘊含著活力。這與他積極樂觀的心性有關。

要知道，高適可是連送別詩都可以寫出霸氣的人——「莫愁前路無知己，天下誰人不識君」。儘管他一直到四十六歲才正式進入仕途，但此後人生就跟開了掛一樣，無人能敵，曾平定永王李璘之亂。

在他六十二歲死後，更獲贈禮部尚書銜。唐朝底層逆襲的所有案例中，應該說，沒有比高適更成功的了。

張繼

大唐的張繼，留給歷史的身影相當模糊，模糊到幾乎只剩下一夜的記憶。每個詩人只能陪我們走一段路，遲早是要分開的。而張繼，陪我們失眠了一個夜晚，然後不見蹤影。

楓橋夜泊

月落烏啼霜滿天，江楓漁火對愁眠。

姑蘇城外寒山寺，夜半鐘聲到客船。

如果沒有〈楓橋夜泊〉留下來，張繼跟歷史上的任何過客沒區別，在世界上活過，卻沒人在意。畢竟任何時候，都不缺失眠人。

但現在不一樣，一千多年來，整個華人文化圈的人，都在念叨他經歷的那個失眠之夜。

王建

作為安史之亂後出生的「戰後寶寶」，王建從小就感受到時代沉淪在個體身上的悲摧。貧窮與生俱來，以至於他「終日憂衣食」。四十歲後，他才有了一些底層為官的機會，做個縣丞、司馬之類的小官。

這也使得王建的詩，很「親民」。

十五夜望月寄杜郎中

中庭地白樹棲鴉，冷露無聲濕桂花。
今夜月明人盡望，不知秋思落誰家？

中秋之夜的月亮不難寫，難的是，寫出共鳴與同理心。《唐才子傳》說王建的厲害在於，能夠「感動神思，道人所不能道」。

他帶著最微薄的行李和最豐盛的才華，以夢爲馬，隨處可棲。

中唐的詩人，好詩不少，但詩人本身的存在感不強。偶爾有名字滿天飛的，那大抵是鬧出大緋聞了。

李益

唐代傳奇《霍小玉傳》面世的時候，李益還活在世上。這個唐傳奇名篇，寫的正是李益的八卦，說他負心薄倖，拋棄了妓女霍小玉。

在他們約定相愛的期限內，李益攀上了一門貴族親事，遂躲避霍小玉不肯相見。霍小玉相思成疾而死。

這件事被曝光後，李益承受了巨大的輿論壓力。

史書記載，李益因此留下心理陰影，對自己的妻子非常不放心，出門前都要把妻子綁起來，甚至脫光了用浴盆蓋住才放心。

當然，僅僅有八卦，或許能名噪一時，卻不足以流傳後世，李益還有詩。

夜上受降城聞笛

回樂峰前沙似雪，受降城外月如霜。
不知何處吹蘆管，一夜征人盡望鄉。

這首詩是李益的代表作之一，寫出來後，傳誦很廣。《唐詩紀事》說，此詩當時便被度曲入畫，天下傳唱。

看來，只有八卦和詩，才能撩動唐朝人的心。

白居易

作爲中唐最偉大的詩人，白居易也難逃八卦纏身。

據不完全統計，他一生擁有家妓三十多人，還有傳言他曾寫詩「逼死」名妓關盼盼。那叫一個殺人於無形。

但事實上，在唐代詩人排行榜前三名中，白居易是最有從政條件和能力的一個。他不應只屬於娛樂八卦週刊。

正如許多學者所論，李白有遠大的政治抱負和過人的文學才華，但不諳封建體制之規則，且志傲性絕，無法適應統治集團的運行規則；杜甫同樣具有「致君堯舜上，再使風俗淳」的理想，且有奉儒守官的家世背景，但性情敦厚，不夠圓滑，又「好論天下大事，高而不切」，因此在官場不受待見。

白居易的政治理想和識器，跟李杜很接近，而政治能力高出李杜一大截。按照正常的路徑設計，白居易應當屬於政治，屬於朝廷，完全有條件以匡時濟世爲終生職志。

但是，因直言進諫而被貶江州司馬後，他逐步修正自己的人生軌道，從一個奮發進取的中青年官員，變成了油膩的老幹部。

效陶潛體詩十六首（其七）

中秋三五夜，明月在前軒。
臨觴忽不飲，憶我平生歡。
我有同心人，邈邈崔與錢。
我有忘形友，迢迢李與元。

或飛青雲上，或落江湖間。
與我不相見，於今四五年。
我無縮地術，君非馭風仙。
安得明月下，四人來晤言。
良夜信難得，佳期杳無緣。
明月又不駐，漸下西南天。
豈無他時會，惜此清景前。

白居易的失敗與退化，實際上不應當認爲是他的錯誤，而是時代的錯誤。他縱情聲色，懷念友人，都埋著深刻的無可奈何。詩中寫他懷念的四個好友，其中就有元稹。

元稹

元稹聰明機智過人，少時即有才名，與白居易同科及第，並結爲終生詩友。二人共同宣導新樂府運動，世稱「元白」。

跟白居易一樣，元稹在政治上並不得意。雖然一度官至宰相，卻在覬覦相位的李逢吉的策劃下被貶往外地。

使東川・江樓月

嘉陵江岸驛樓中，江在樓前月在空。
月色滿床兼滿地，江聲如鼓復如風。
誠知遠近皆三五，但恐陰晴有異同。
萬一帝鄉還潔白，幾人潛傍杏園東。

唐人有在牆壁上題詩的習慣。白居易曾一路在各地驛館尋找元稹的題詩，找到了就很開心地和上一首。

這首詩，白居易也和過。說他們是唐朝詩壇上最出名的CP，一點兒也不誇張。

元稹一生情史豐富，薛濤是他的緋聞女友。

薛濤

才貌雙絕的薛濤，後來被稱爲唐朝四大女詩人之一。

薛濤比元稹大十一歲。他們第一次相遇，薛濤四十二歲，元稹三十一歲。

這段瘋狂的姐弟戀，大約僅維持了三個月。

一次道別後，元稹再沒回來。薛濤從此脫下紅裙，換上了道袍。

送友人

水國蒹葭夜有霜，月寒山色共蒼蒼。

誰言千里自今夕，離夢杳如關塞長。

薛濤以女詩人的細膩，爲男性詩壇平添了幾抹溫情。然後，她便獨自吞咽痛苦去了。

然而在男權世界裡，她終歸只是一種陪襯。

當薛濤早已對感情心灰意冷的時候，在長安，她的同齡人韓愈對政治也感到心灰意冷。

韓愈

西元八一九年，在唐憲宗的帶動下，長安掀起信佛狂潮。

韓愈沒有迎合皇帝的信仰，而是不顧個人安危，諫迎佛骨。唐憲宗大怒，要處死韓愈。

皇親國戚爲韓愈求情，最終，他被貶爲潮州刺史。到藍關時，覺得這輩子再也無法回長安了，要他的侄孫來收屍骨。

八月十五夜贈張功曹

纖雲四卷天無河，清風吹空月舒波。
沙平水息聲影絕，一杯相屬君當歌。
君歌聲酸辭且苦，不能聽終淚如雨：
「洞庭連天九疑高，蛟龍出沒猩鼯號。
十生九死到官所，幽居默默如藏逃。
下床畏蛇食畏藥，海氣濕蟄熏腥臊。
昨者州前搥大鼓，嗣皇繼聖登夔皋。
赦書一日行萬里，罪從大辟皆除死。
遷者追回流者還，滌瑕蕩垢清朝班。
州家申名使家抑，坎軻只得移荊蠻。
判司卑官不堪說，未免捶楚塵埃間。
同時輩流多上道，天路幽險難追攀。」
君歌且休聽我歌，我歌今與君殊科：
「一年明月今宵多，人生由命非由他。
有酒不飲奈明何！」

這篇七言古詩，八〇五年中秋時韓愈寫於郴州。人生由命，無可奈何的心情，流露無遺。可見，宦途險惡，韓愈早就領教過了。但他仍然能夠保持初心，仗義執言，這樣的傲骨，著實難得。

唐詩發展到這時，已經有了一些輪迴的意味。最明顯的表現，是又一個天才詩人在二十七歲早逝，猶如當年王勃之死。

李賀

李賀的詩，大多是慨歎生不逢時和內心苦悶，抒發對理想、抱負的追求，留下了「黑雲壓城城欲摧」、「雄雞一聲天下白」、「天若有情天亦老」等千古佳句。他的想像力極為豐富，後人常稱他為「鬼才」、「詩鬼」，創作的詩文為「鬼仙之辭」。繼屈原、李白之後，中國文學史上又多了一位頗享盛譽的浪漫主義詩人。

綠水詞

今宵好風月，阿侯在何處？
為有傾人色，翻成足愁苦。

東湖採蓮葉，南湖拔蒲根。
未持寄小姑，且持感愁魂。

這樣溫情的小調，在李賀的詩中，實不多見。正如王勃的青春無敵，李賀也在最好的年紀去世。唐詩開始走向迴光返照式的最後輝煌。「小李杜」的出場，就是一個句號。

杜牧

杜牧出生在政治家庭，是官三代，他爺爺是宰相。他表面是個情聖、風流才子，骨子裡則是個憂國憂民的戰略家。他的政論文，連北宋名相司馬光都佩服不已。

但他一生英雄，卻幾無用武之地。原因是，他從政的時期恰是牛李黨爭最激烈之時，而他在其中，做了一個矛盾的超然派，非牛非李，亦牛亦李。

可憐的杜牧，縱有經天緯地之才，也永遠走不進權力的核心圈層。

長安夜月

寒光垂靜夜，皓彩滿重城。
萬國盡分照，誰家無此明。

古槐疏影薄，仙桂動秋聲。
獨有長門裡，蛾眉對曉晴。

杜牧自己就是一首詩。這首詩悲淒滄桑，從才華橫溢的少年寫到老氣橫秋的晚年。這首詩蕩氣迴腸，從意氣風發的鬥志昂揚，寫到兩鬢寒霜的酒醉心涼。

和杜牧堪稱難兄難弟的，便是李商隱了。

李商隱

幾乎是杜牧命運的複寫，李商隱一生也無奈地捲入牛李黨爭之中，成爲政治犧牲品。

他的恩師令狐楚非常欣賞他，連遺囑都讓他寫，而不是讓兒子寫。

與此同時，邊疆大吏王茂元也非常欣賞他，將女兒嫁給他。然而，令狐楚是牛黨，王茂元是李黨。牛李兩黨，勢不兩立，悲劇於是發生。

李商隱在黨爭夾縫中，痛苦徘徊，付出了一生的代價。

錦瑟

錦瑟無端五十弦，一弦一柱思華年。

莊生曉夢迷蝴蝶，望帝春心托杜鵑。
滄海月明珠有淚，藍田日暖玉生煙。
此情可待成追憶，只是當時已惘然。

李商隱是「朦朧詩」的鼻祖。一千多年來，無人解得他詩中的眞正含意。只能以晦澀難懂來搪塞和解讀，殊不知，越是難懂，越藏著深刻的苦痛。

八五八年，李商隱鬱鬱而終。此時，杜牧已死去六年。到九〇七年唐朝落幕，這個朝代還有半個世紀的苟活。但對唐詩來說，最後的大咖雙雙隕落，一個偉大的時代已然凋零。

明月還是同一輪月，整整一個朝代的悲喜，卻這樣輕輕翻過去了。

第一部
詩人

唐詩創世記

誰寫下了大唐第一詩？

壹

大唐帝國開國元年（六一八）十一月，三十九歲的魏徵（五八〇—六四三）從長安出發向東，走在前往招降瓦崗軍舊部的路上。

此前一個月，瓦崗軍首領李密在被王世充擊敗後，不得已投降剛剛成立的唐朝，在瓦崗軍旗下久不得志的魏徵也跟隨著一起降唐，不久，渴望建功立業的他就向唐高祖李淵毛遂自薦，請求前往黎陽（今河南浚縣東北）招降瓦崗軍的舊部徐世勣。

徐世勣，就是後來被賜改姓，立下不世戰功的名將李勣。

從小家貧，甚至做過道士的魏徵，對於時代有著敏銳的把握，面對隋朝末年天下大亂的局勢，就在這次出關招降徐世勣的路上，他寫下了日後被譽爲大唐開國第一詩的〈述懷〉（一題〈出關〉）：

中原初逐鹿，投筆事戎軒。
縱橫計不就，慷慨志猶存。
杖策謁天子，驅馬出關門。
……
既傷千里目，還驚九逝魂。
豈不憚艱險？深懷國士恩。
季布無二諾，侯嬴重一言。
人生感意氣，功名誰復論。

當時，渴望像班超一樣投筆從戎、建功立業的他，在瓦崗軍旗下鬱鬱不得志，但投降唐朝後，李淵卻委他以招降瓦崗軍舊部重任，這使得魏徵「深懷國士恩」，決定傾心報答李唐王朝，在寫給徐世勣的勸降信中，魏徵寫道：「生於擾攘之時，感知己之恩。」

爲此，他渴望像輔助項羽滅秦、一諾千金的季布一般，或者如爲報答魏國信陵君國士之恩而自殺殉之的侯嬴，爲大唐帝國建功立業，最終，在魏徵的勸說下，徐世勣順利歸降唐朝。

然而，事有不測，就在東進的第二年（六一九），盤踞河北的竇建德卻接連擊敗唐軍，最終俘虜了李淵的堂弟淮陽王李神通和魏徵，以及徐世勣的父親徐蓋等人，迫使徐世勣也投降竇建德。

一直到兩年後的武德四年（六二一），隨著唐軍在洛陽決戰中分別擊敗王世充和竇建德，魏徵得以重新歸降唐朝。隨後，這位在文學史上因「大唐開國第一詩」聞名的詩人，被太子李建成任命爲太子洗馬，日後，他還將經歷一番腥風血雨的洗禮。

貳

西元六二一年竇建德的兵敗，在改變魏徵命運的同時，也深刻改變了詩人虞世南的命運。

當時，已經六十四歲的虞世南歷經陳朝、隋朝，此時正在竇建德門下擔任黃門侍郎，這位歷經亂世的詩人命運多舛，早在四歲時就喪父，但他卻勤奮向學，師從王羲之的七世孫智永和尚學習書法，深得王羲之的書法精髓，因此早在陳朝時就以書法揚名天下。隋朝開皇九年（五八九），晉王楊廣帶兵攻滅陳朝，虞世南與哥哥虞世基一起被俘虜到隋朝首都長安，時人將他們兩兄弟比作西晉的陸機與陸雲。

隋煬帝楊廣登基後，虞世南先被授爲秘書郎，後又升爲起居舍人。但在六一八年五月的江都之變中，宇文化及派兵縊殺隋煬帝楊廣，隨後又殺虞世基等朝臣。虞世南請求代兄而死不成，被宇文化及裹挾北上，最終在宇文化死後，又被竇建德俘虜爲臣。

面對竇建德之敗，已經六十四歲的虞世南又被迫仕唐，李世民對這位早已名滿天下的詩人和書法家非常敬重，隨即將虞世南任爲秦王府參軍，不久又轉任記室參軍。此後，秦王李世民開始建立自己的幕僚機構文學館，虞世南又被授爲弘文館學士，與房玄齡共掌詔告文翰，爲秦王府「十八學士」之一。

命運多舛的老詩人因禍得福，轉眼間就成了秦王李世民手下的紅人，與之相對應，魏徵則屬於太子李建成一系。不同的站隊選擇，蘊藏著的是一場暗流洶湧、你死我活的最高權鬥。

由於幼年喪父、歷經動亂，因此虞世南的外表容貌怯懦、弱不勝衣，但是這位詩人卻有著剛烈的性情，對李世民經常出言直諫，李世民曾經稱讚他有五絕：「世南一人，有出世之才，遂兼五絕。一曰忠讜，二曰友悌，三曰博文，四曰詞藻，五曰書翰。」群臣如果都像世南這樣，天下還愁有什麼不能治理。

對於這種曆仕三朝，幾經動盪，幸運老來仍能保全的人生，虞世南曾經寫有〈蟬〉詩以明志：

垂緌飲清露，流響出疏桐。
居高聲自遠，非是藉秋風。

在幾經亂世之中，他多次委曲求全，進入唐朝宮廷後，他又不得不經常寫一些無聊奉和的宮廷詩，例如這首〈奉和幽山雨後應令〉：

肅城鄰上苑，黃山邇桂宮。
雨歇連峰翠，煙開竟野通。
排虛翔戲鳥，跨水落長虹。
日下林全暗，雲收嶺半空。
山泉鳴石澗，地籟響岩風。

作爲一名御用詩人和書法家，他儘管不乏政治才能和文學才華，但卻缺少一名詩人所必需的激情，這種辭藻的繁複和性情的貧乏，使得詩人虞世南更多以書法而聞名後世。對於亂世之中初唐一代人的遺憾，《新唐書．文藝傳》後來總結說，「唐興，詩人承陳、隋風流，浮靡相矜」。

從梁朝、陳朝延續而來的詩歌綺靡之風，儘管經歷隋朝，到了唐太宗李世民時期仍然是這種狀態。以虞世南爲代表，李世民身邊聚集的詩人，大多是從陳朝和隋朝遺留下來的舊臣和已經功成名就的元勳。這些士族高貴的社會地位，限制了他們眞情實感的流露，所以一進入唐朝，這種文學的積習，仍然明顯地呈現在初唐的詩人群體身上。

對此，或許是心有感懷，李世民曾經寫詩贈送給南朝梁明帝蕭巋第七子、隋煬帝蕭皇后的弟弟蕭瑀說：

疾風知勁草，板蕩識誠臣。
勇夫安識義，智者必懷仁。

蕭瑀作爲幾朝元勳，本身是梁朝的皇子，又是隋煬帝的國舅，他的妻子則是唐高祖李淵的表妹，而他的兒子又娶了李世民的女兒。對於這樣一批開國初期出身顯赫的貴族詩人，同樣貴族出身的李世民心中明瞭，承接隋朝而興的唐朝皇親貴冑遍地，因此詩風綺靡。即使一代雄主如他，流傳下來的詩也大多輕浮無力，例如這首〈芳蘭〉：

春暉開紫苑，淑景媚蘭場。
映庭含淺色，凝露泫浮光。
日麗參差影，風傳輕重香。
會須君子折，佩裡作芬芳。

儘管詩風大多清綺無力，但李世民殺起人來卻毫不手軟。就在擊敗竇建德和王世充的這一年，武德四年（六二一），李世民下令將瓦崗軍出身的王世充的大將單雄信斬首，因爲他曾經敗在單雄信手下差點喪命。

已經投降唐朝、同為瓦崗軍大將出身的李勣（徐世勣）向李世民求情。當初李勣與單雄信共同投奔翟讓、響應瓦崗起義，誓同生死。但李世民無情拒絕，對此李勣聲淚俱下。在忠義無法兩全的情況下，李勣到獄中看望單雄信，並承諾會在單雄信身後好好照顧他的家人。臨別時，李勣直接用刀割下了自己腿上的一塊肉說，「我沒有忘記當初與兄長的誓言，生死永別，就讓我的血肉隨兄長入土！」

單雄信則毫不遲疑，將李勣的肉吞下後，慷慨赴死。

參

而武德四年（六二一）的這場洛陽決戰，也改變了詩人王績的命運。

隋煬帝被殺前，眼看天下大亂，當時正擔任揚州江都郡六合縣（今南京六合區）縣丞的王績不得已棄官逃職遁野，臨行前他感慨道：「如同陷入天羅地網一樣，處處都是束縛，我能到哪裡去呢！」在一首描述隋唐交際之初天下動盪的詩歌〈過漢故城〉中，王績寫道：

大漢昔未定，強秦猶擅場。
中原逐鹿罷，高祖鬱龍驤。

……

歷數有時盡，哀平嗟不昌。

……

君王無處所，年代幾荒涼。

……

在昔高門內，於今岐路傍。

餘基不可識，古墓列成行。

……

烈烈焚青棘，蕭蕭吹白楊。

千秋並萬歲，空使詠歌傷。

在這種感慨時世的哀傷之中，期望投靠明主的王績來到了河北竇建德的帳下。然而就在六二一年竇建德與唐軍決戰前夕，王績卻突然離去，對此王績對好友凌敬說：「以星道推之，關中福地也。」

或許是意識到占據關中的唐朝軍力強盛，王績最終離開竇建德而去，返回家鄉耕讀，並專心攻讀《周易》、《老子》、《莊子》。就在此時，王績的朋友、跟隨李世民征戰起家的薛收在率軍經過王績的故鄉龍門時，特地繞道前來看望老友王績。作爲一名失意的詩人，王績因爲在野的姿態，意外擺脫了陳隋以來的綺靡詩風，出於對友人的關愛，他寫詩〈薛記室收過莊見尋率題古意以贈〉：

……

故人有深契，過我蓬蒿廬。
曳裾出門迎，握手登前除。
相看非舊顏，忽若形骸疏。

……

憶我少年時，攜手游東渠。
梅李夾兩岸，花枝何扶疏。

……

人生詎能幾，歲歲常不舒。

……

在友人薛收的薦舉下，王績被召入唐朝任職門下省待詔，這是個虛職，有點類似在皇宮門下聽招呼的意思，每日會給三升酒喝。弟弟王靜擔心哥哥困愁，就問他說：「待詔快樂否？」沒想到王績卻回答說：「良酒三升使人留戀。」

當時侍中省的長官是陳後主的弟弟陳叔達，陳叔達聽說後，特地下令將每日給王績的酒從三升加到一斗，王績也因此被稱爲「斗酒學士」。

但在唐朝初年或以貴族入仕、或以軍功顯赫的時代背景中，既無貴族背景，又無軍功，本身又閒雲野鶴、放曠豁達的王績顯得與時代格格不入。他沒有貧寒出身的魏徵所具有的奮發向上的時代搏擊精神，所作的詩又與當時「浮靡相矜」的風尚不相協調，於是從出身、功勛到詩風，他都註定只能是一個體制外的詩人，自吟自唱而已。

而玄武門之變的到來，劇烈地改寫了詩人們的命運。

在唐朝基本平定天下後兩年，唐高祖武德九年（六二六），李世民在長安城玄武門發動兵變，殺死了自己的哥哥太子李建成和弟弟齊王李元吉，並將李建成和李元吉的十個兒子全部斬殺滅門，隨後又軟禁父親唐高祖李淵，並逼迫李淵「禪位」。

在這場宮廷巨變的腥風血雨之中，當時王績在朝中的倚賴、老友薛收已經病逝，而王績的老領導陳叔達也因爲是太子李建成一黨被貶。眼看禍亂在即，慣於避禍的王績心生去意。此時，他的同鄉朱仲晦剛好來訪，王績寫詩贈朱仲晦，這就是〈在京思故園見鄉人問〉：

旅泊多年歲，老去不知回。
忽逢門前客，道發故鄉來。
斂眉俱握手，破涕共銜杯。
殷勤訪朋舊，屈曲問童孩。
衰宗多弟侄，若個賞池台。
舊園今在否，新樹也應栽。
……
院果誰先熟，林花那後開。
羈心只欲問，為報不須猜。
行當驅下澤，去剪故園萊。

作爲非主流的詩人，在政治巨變的風雨之中，王績選擇了一次退隱，返回故鄉繼續種地。

肆

與王績不同，詩人魏徵則在腥風血雨中強勢崛起。

太子李建成被殺後，李世民將擔任太子洗馬的魏徵召來，滿面殺氣地呵斥魏徵說：「聽說你此前經常攛掇太子將我貶放到外地，你爲何離間我們兄弟？」

魏徵毫不屈服，直接頂撞說：「當初太子如果聽從我的建議，也不會有今日殺身之禍。」

魏徵捨得一身剮，以必死的勇氣抗爭，沒想到這反而贏得了李世民的賞識。隨後，魏徵被任命爲詹事主簿。此後，魏徵又升任爲尚書左丞，開始了他在貞觀時期的進諫輔政生涯，並一步步晉升爲李世民的麾下重臣。

玄武門之變將魏徵推上了歷史舞台。而本來就「屬意縱橫之說」的魏徵，對於政治的興趣顯然也大於對詩歌的興趣，此後，他更加傾心於投身政治、成就一代名臣的自我期許。

但初唐詩壇失去了魏徵，卻開始收穫王績。

正所謂詩家不幸文章幸，政治失意的王績傾心田畝，並經常以辭官耕作的陶淵明自許，在〈醉後〉他寫道：

阮籍醒時少，陶潛醉日多。
百年何足度，乘與且長歌。

在耕作生涯的舒適中，他又在〈秋夜喜遇王處士〉寫道：

北場芸藿罷，東皋刈黍歸。
相逢秋月滿，更值夜螢飛。

袁行霈先生評價說，在唐朝初期文壇沿襲陳隋舊習、萎靡無力的詩歌風氣中，王績的詩就像「從貴婦堆裡走出來，忽然遇見荊釵布裙的村姑，她那不施脂粉的樸素美就會產生特別的魅力」。

這種本色率眞、自然樸素的詩歌，與其說是「久在樊籠裡，復得返自然」，不如說是政治失意下的自我放飛。王績雖然退身野外，但他心中仍然有著政治的火焰。到了玄武門之變後十年，也就是貞觀十年（六三六），已經在隋唐兩朝兩次入仕、又兩次退隱的王績再度出山，渴望一博功名。此時，他已經四十八歲了。

但現實證明，他這隻野鶴並不適合樊籠。王績便請求到太樂署擔任太樂丞，而原因竟然是因爲太樂署史焦革擅長釀酒。或許是吏部官員覺得讓這位大才子屈任小小的太樂丞實在太不合適，於是一再追問王績，是否願意接受其他職務。王績卻一再堅持留在太樂署，他說：「這是我深切的願望。」

王績最終如願以償就職太樂丞，天天沉醉於焦革釀造的美酒之中。但焦革不久去世，焦革的妻子又接著給王績釀酒送酒，不到兩年，焦革的妻子也去世了。世間再無美酒，王績慨歎說：「這是蒼天不許我暢飲美酒嗎？」

於是，五十歲的王績第三次辭官退隱。

這次，他是眞的退了。

在〈晚年敘志示翟處士〉一詩中，王績披露自己的心跡說，他起初「明經思待詔，學劍覓封侯」，但隨後恰逢隋朝末年天下大亂，「中年逢喪亂，非復昔追求。失路青門隱，藏名白社遊」，到了晚年終於想開了，「晚歲聊長想，生涯太若浮。歸來南畝上，更坐北溪頭」。

在三次入仕、又三次退隱後，他最終看破紅塵。在〈野望〉中，他寫道：

東皋薄暮望，徙倚欲何依？
樹樹皆秋色，山山唯落暉。
牧人驅犢返，獵馬帶禽歸。
相顧無相識，長歌懷采薇。

想當初，陶淵明在家門口種了五棵柳樹，自號「五柳先生」，而王績則自詡能喝五斗酒，自稱「五斗先生」。在〈過酒家五首〉中，他寫道：

竹葉連糟翠，蒲萄帶曲紅。
相逢不令盡，別後為誰空。

或許，對於一位政治失意的詩家來說，詩酒田園的「五斗先生」，才是他生命的最終歸宿。

就在王績第三次退隱的貞觀十二年（六三八），善於寫詩奉和、八十一歲高齡的虞世南最終在長安去世。五年後，貞觀十七年（六四三），一代名臣和詩人魏徵也因病逝世。

魏徵去世後，生前曾經薦舉的中書侍郎杜正倫和吏部尚書侯君集先後出事，其中杜正倫因爲洩露李世民的密語被貶官外放，侯君集更是因涉嫌參與太子李承乾謀反案被殺。至此，李世民覺得，魏徵生前推薦的兩個人竟然都出了問題，這完全是在「阿黨」，搞小政治集團。於是李世民在處死侯君集後，惱怒之中下令狠狠砸掉了魏徵的墓碑，並下令取消衡山公主與魏徵長子魏叔玉的婚約。

一直到第二年，貞觀十八年（六四四），李世民率軍遠征高句麗卻損兵折將，在回軍途中，突然想起了魏徵，他感慨地說：「如果魏徵還在，一定會勸我取消這次征戰。」有所醒悟的李世民於是下令，將被砸毀的魏徵墓碑重新樹立，並特別召見了魏徵的妻兒子女進行撫慰。

這一年，王績也走到了他生命的盡頭。臨死前，有感於世人對他的嘲諷與不解，他特地講了一個故事：「古代勇士飛廉有兩匹馬，一匹長得『龍骼鳳臆』，奔馳飛快，結果一天到晚不得安歇，活活累死；另一匹醜陋難看，『駝頸駱膝』，還愛尥蹶子，結果啥事沒有，『終年而肥』。如果讓你選擇，你願意做哪匹馬呢？」

詩人的反問，也是對此後所有在江湖與廟堂之間進退反復的文人貫穿終生的審問。

他在唐詩孤獨寂寥的初唐時代鬱鬱而終，享年五十六歲。在隋唐之際風雲變幻、貞觀之治名垂後世的滄海橫流中，他三次入仕又三次退隱，最終在失意中看破紅塵、復返自然。

王績死後六年，唐高宗永徽元年（六五〇），王績的哥哥王通的孫子，即王績的侄孫王勃出生。日後，寫出「落霞與孤鶩齊飛，秋水共長天一色」的王勃，與楊炯、盧照鄰、駱賓王合稱「初唐四傑」，他們與陳子昂共同點亮了初唐詩壇光輝璀璨的星空，並為唐詩的盛世照亮前程。

而在艱難跋涉的開拓旅程中，魏徵、虞世南、王績默默不言。

一個屬於唐詩的時代，開始了。

初唐四傑

帝國在上升，而天才在沉淪

六一八年，唐朝開國。一年後，六一九年，駱賓王出生。又十餘年後，盧照鄰出生。又十多年後，六五〇年左右，王勃和楊炯同年出生。此四人，是初唐詩壇最亮的四顆星。但他們的命運，卻比沒有星光的夜，還要黯淡。

聞一多說，「初唐四傑」都年少而才高，官小而名大，行爲都相當浪漫，遭遇尤其悲慘——因爲行爲浪漫，所以受盡了人間的唾罵，因爲遭遇悲慘，所以也贏得了不少的同情。

到六九三年左右，當四人中的楊炯最後一個離世的時候，唐朝的國運一直處於上升期，治世、盛世呼聲不斷。

可是，帝國的狂飆，並未開啟個人的幸運之門。那些天縱之才，一個個活成了天妒英才。

壹

初唐四傑中，命途多舛是「標配」，但仔細一想，盧照鄰的人生絕對是最悲苦的。

盧照鄰出身范陽盧氏，常爲自己是「衣冠之族」而感到自豪，但就像出身弘農楊氏的楊炯一樣，他們只是豪門望族裡被遺忘和冷落的支系。出身可以給予他們家風薰陶，卻不能給予他們更多東西。

盧照鄰是憑才華當上了鄧王府的典簽（掌管文書）一職。鄧王李元裕是唐高祖李淵的第十七子，曾在王府中公開說，西漢梁孝王有司馬相如這樣的大才子做幕僚，而盧照鄰就是他的司馬相如。但縱有鄧王的欣賞，滿腹才學的盧照鄰仍然不滿於現狀。他有一股建功立業的衝勁，卻始終找不到安放的位置。

他眼中的帝都長安，盡是王侯貴戚的驕奢淫逸和權力傾軋。在傳世名作〈長安古意〉中，他對長安的名利場進行了渲染鋪陳，末了，他寫道：

> 節物風光不相待，桑田碧海須臾改。
> 昔時金階白玉堂，即今惟見青松在。
> 寂寂寥寥揚子居，年年歲歲一床書。
> 獨有南山桂花發，飛來飛去襲人裾。

一切庸俗的任情縱欲，毫無底線的倚仗權勢，終究會在時間的碾壓下煙消雲散，聲名俱滅。只有漢代大文豪揚雄的故居，還有終南山的桂花，雖然寂寥，備受冷落，但它們留了下來。

瞬息與永恆的命題，在他這裡有了答案。

離開鄧王府後，盧照鄰的命運急轉直下。不久，因「橫事」被拘，飛來橫禍，下獄。幸有友人救助，才得以出獄。隨後，被貶到益州新都（四川成都附近），擔任縣尉（類似於公安局局長）。雖然內心無比鬱悶，盧照鄰仍舊堅守他認爲最重要的東西，比如「天眞本性」和「浩然之氣」。

蜀中老人見盧照鄰腹有詩書氣自華，問他爲什麼「不懷詩書以邀名」？盧照鄰回答說：「豈惡榮而好辱哉？蓋不失其天眞也……雖吾道之窮矣，夫何妨乎浩然？」

在寫給益州官員的詩中，盧照鄰把自己比作北方來的一隻鳥，但這隻鳥特立獨行，從不同流合汙，從不苟同世俗：

不息惡木枝，不飲盜泉水。
常思稻粱遇，願棲梧桐樹。
智者不我邀，愚夫余不顧。
所以成獨立，耿耿歲雲暮。

但是，命運之箭，從未放過這隻獨立的鳥，這個內心堅定的落魄詩人。

在益州後期，盧照鄰患上「風疾」，一種能把人折磨至死的疾病。從盧照鄰自己的描述中，我們知道他患病後的身體狀況：身體枯瘦，五官變形，掉髮，咳嗽，四肢麻痹，肌肉萎縮，一手殘疾，走路渾身哆嗦，長年臥床導致局部肌肉腐爛，奇痛無比……人生的最後十年，盧照鄰拖著這樣的病體殘軀度過。

他原本有強烈的求生欲，曾五次更換地方，求醫問藥。還曾拜藥王孫思邈為師，後者為他調理疾病，講解為人之道。然而，就在他為治病四處奔走之時，他的父親突然去世，盧照鄰悲痛萬分，連吃下的藥物都嘔吐了出來。

父親去世後，盧照鄰的整個家庭幾乎陷入破產境地。為了購藥治病，這個孤高的才子，不得不向洛陽名士乞求資助。而有限的資助，竟惹來了交朋結黨的爭議，盧照鄰悲憤欲絕，卻不得不辯解，說自己抱病多年，不干時事，形同廢人，怎麼會參與朋黨之事？

貧病徹骨，故友疏遠，世態炎涼，人生已無可留戀。他不無悲傷地說：上天恩澤雖廣，可歎容不下我這一生；大地養育雖多，對我的恩情已斷絕在這一世。

他最後寫下的文字，錐心刺骨，沉痛至極：

歲將暮兮歡不再，時已晚兮憂來多。
東郊絕此麒麟筆，西山秘此鳳凰柯。

死去死去今如此，生兮生兮奈汝何。
歲去憂來兮東流水，地久天長兮人共死。

剩下的日子，絕望的盧照鄰傾其所有，在河南禹州具茨山下，「買園數十畝」，給自己挖好了墳墓，並請人疏浚潁水。他有時會躺到墳墓中，如同死去。

某日，與親人訣別後，抱病十年的盧照鄰，平靜地踏進了滔滔的潁水。

明朝人張燮說：「古今文士奇窮，未有如盧升之（盧照鄰）之甚者。夫其仕宦不達，則亦已耳，沉痾永痼，無復聊賴，至自投魚腹中，古來膏肓無此死法也。」

著名的唐詩研究專家馬茂元曾說，盧照鄰忽而學道，忽而爲仕，忽而仕，忽而隱，終於在無可奈何的矛盾與病魔纏繞的苦痛中，用自殺方式結束了悲涼的一生。

貳

大約在盧照鄰蹈水自殺前後，他的朋友駱賓王，經歷了從最激昂到最頹喪的人生旅程，最終整個人消失在歷史的煙雲中。

六八四年，武則天直接掌管大唐朝政後，唐朝開國功臣李勣之孫李敬業（即徐敬業）在揚州起兵，打出恢復李唐法統的旗號。已經六十五歲的駱賓王加入義軍，寫出了名動古今的戰鬥檄文——

〈討武曌檄〉。僅僅三個月後，李敬業兵敗，駱賓王從此不知所終。

在初唐四傑中，駱賓王最具傳奇色彩，經歷最豐富：辭職、歸隱、流放、參軍、坐牢、造反……他性格外向，爲人熱烈，富有激情，一輩子沒有安穩過。聞一多評價駱賓王說，他「天生一副俠骨，專喜歡管閒事，打抱不平、殺人報仇、革命、幫癡心女子打負心漢……」換句話說，駱賓王是一個有遊俠精神、俠義心腸的才子。他在自述詩〈疇昔篇〉開頭，這樣寫自己：

少年重英俠，弱歲賤衣冠。

可見，他不是一個內心柔弱、追求功名的詩人。

像初唐四傑中的其他人一樣，駱賓王也是少年天才，七歲能詩。那首婦孺皆知的詠鵝名詩，就是他七歲時，客人手指鵝群命他作詩，他當場吟出來的作品。因此被稱「神童」。長大後，他到長安參加過科舉考試，信心滿滿而去，垂頭喪氣而回。

但我們不能怪駱賓王能力不足，只能說他生不逢時。唐初的科舉，門第觀念濃厚，走後門成爲風氣，有時候出身重於才學。駱賓王恃才傲物，不肯迎合官僚，幾乎難以通過科舉入仕爲官。假如生在平民化的宋代，駱賓王的人生必定全然不同。

三十三歲那年，駱賓王到豫州擔任道王李元慶（唐高祖李淵第十六子）的府屬，應該是跟盧照鄰在鄧王府的工作差不多，從事文職。李元慶對駱賓王的才能頗爲賞識，三年後，專門下令要他寫自薦書，考察提拔的意思很明顯。駱賓王提筆就寫道：

若乃脂韋其跡，乾沒其心，說己之長，言身之善，靦容冒進，貪祿要君，上以紊國家之大猷，下以瀆狷介之高節。此凶人以為恥，況起士之為榮乎？所以令炫其能，斯不奉令。謹狀。

如果自賣自誇就能加官晉爵，那麼，對上是干擾國家大計，對下則有損君子之風。意思是，我寧可原地打轉，也不能寫這個自薦書。這就是駱賓王的倔強。

又三年後，駱賓王離開道王府，在山東一帶過了將近十二年的閒居生活。據分析，這是耿介的駱賓王前半生在官場困頓掙扎，無望後的一種失望回歸。但是，隱居鄉野是要經濟基礎的。駱賓王說自己「中年誓心，不期聞達」，蓬廬布衣，農耕養家即可。但過了幾年，他發現要養活一家人，越來越困難，只得改變初衷，四處求仕：「有道賤貧，恥作歸田之賦。」什麼叫作理想豐滿、現實骨感？這就是。

在生活的逼迫下，駱賓王一反當年狷介的個性，把姿態放得很低，四處託人求官，終於在四十九歲的時候，獲得奉禮郎的小官。

但事實證明，命運往往不會眷顧在底層摸爬滾打的小官們。駱賓王的詩文可以寫得很棒，在官場卻只能沉淪下僚，鬱鬱不得志。甚至一度被排擠出長安，追隨軍隊出塞、入蜀。

從歷史影響看，這段出塞經歷，使駱賓王成爲唐初第一代邊塞詩人，開啟了盛唐邊塞詩巔峰的先聲；可是，從個人命運看，這段經歷，則是駱賓王顛沛流離的人生寫照。

人生兜兜轉轉，當六十一歲的駱賓王好不容易擢升侍御史的時候，卻很快遭到構陷而入獄。一種說法是他頻繁上疏諷諫，得罪了武則天而被捕下獄；另一種說法則是，他遭到同僚的誣陷栽贓而下獄。總之，這是老年駱賓王依然一身俠氣不合群的代價。

在獄中，他寫下了著名的〈在獄詠蟬〉：

西陸蟬聲唱，南冠客思深。
那堪玄鬢影，來對白頭吟。
露重飛難進，風多響易沉。
無人信高潔，誰為表予心？

蟬的高潔脫俗，無人理解，正像詩人自己一樣：這世上，又有誰能替我鳴冤辯白呢？

入獄一年多，遇到朝廷大赦，駱賓王重獲自由，隨後被貶爲臨海丞。史書說，駱賓王「怏怏失志，棄官去」。

六八四年，六十五歲的駱賓王加入了李敬業的義軍，擔任藝文令（類似於秘書長）。為了號召天下，壯大起義隊伍，駱賓王代李敬業起草了〈討武曌檄〉。檄文傳出，朝野震動。段成式《酉陽雜俎》記載，武則天親自找來這篇咒罵自己的檄文，讀到「蛾眉不肯讓人，狐媚偏能惑主」時，微笑不已，繼續讀到「一抔之土未乾，六尺之孤安在」，頓時收斂了笑容，指著宰相的鼻子罵：你怎麼漏掉了駱賓王這樣的人才？

〈討武曌檄〉中還有一句流傳至今的名言：「試看今日之域中，竟是誰家之天下！」這篇力透紙背的檄文，讓武則天對揚州的造反十分重視，派出三十萬大軍前往鎮壓。三個月後，李敬業兵敗被殺，而駱賓王的結局則成了歷史的疑案：有的說他和李敬業一起被殺，有的說他投水而亡，有的說他逃遁了，隱姓埋名。總之，六八四年後，駱賓王不知所終。

駱賓王寫過一首詩，叫〈於易水送人〉：

此地別燕丹，壯士髮衝冠。
昔時人已沒，今日水猶寒。

詩中俠氣十足，但詩名「送人」，送給誰，卻無人知道。於是有人推測，駱賓王或許是送給自己，把自己當成了赴死的荊軻。

清人陳熙晉，用一句話精準概括了駱賓王悲劇的一生：「臨海（駱賓王）少年落魄，薄宦沉淪，始以貢疏被愆，繼因草檄亡命。」而我們透過這層悲涼的生命底色，卻看到當年詠鵝的少年，變成了衝冠的壯士，一次次抗擊命運的無情打壓。

參

那場讓駱賓王亡命的失敗的起義，也改變了另一個才子的人生軌跡。

在李敬業的起義隊伍裡，有一個名叫楊神讓的人。楊神讓的父親叫楊德乾，而楊德幹正是楊炯的從伯父。起義被平息後，朝廷開始秋後算帳，楊德乾父子被殺，楊炯也受到牽連，在事業的上升期遭遇當頭棒擊，被貶到梓州（今四川三台縣）擔任司法參軍。

飛來橫禍，讓一直在帝國官場悠游的楊炯，一下子感受到了人生無常。他懷著憂懼之心，離開長安：

鬱鬱園中柳，亭亭山上松。
客心殊不樂，鄉淚獨無從。

此刻，他認爲自己是整個帝國最惆悵的人。他雖然出身弘農楊氏世家，他的曾祖、伯祖和從伯父都曾官至刺史，但他自己的祖父和父親，卻是名不見經傳、未曾顯達的普通人。他很早就意識到這一點，所以在談到身世時毫不忌諱地說：「吾少也賤。」

可是，家族的榮光他沒分享到，家族的厄運他卻逃不過。受族兄楊神讓牽連被貶官之前，楊炯正在經歷一生中難得的官運上升期。他十歲應童子舉及第，十一歲待制弘文館，就是在弘文館等待任命。這一等就是十六年，朝廷早把這個神童遺忘了。到二十七歲時，楊炯再次應舉，才補了個校書郎的小官。三十歲以前，他不滿現狀，說自己「二十年而一徙官」，說官場傾軋，有志難抒，並發出「寧爲百夫長，勝作一書生」的呼喊。但三十一歲時，他時來運轉，被推薦爲太子詹事司直，還充任崇文館學士，開始仕途的一大躍升。誰知道僅僅三年後，這個素少往來的族兄，卻把他的餘生帶進了溝裡。

在梓州四年任期滿後，楊炯去了洛陽。出川途經巫峽，他寫詩表達個人的追求和品性：

忠信吾所蹈，泛舟亦何傷。
可以涉砥柱，可以浮呂梁。
美人今何在，靈芝徒有芳。
山空夜猿嘯，征客淚沾裳。

此時的楊炯是否會感激厄運提升了他的詩風，造就了另一個他呢？我們不得而知，但苦難出詩人，似乎是一個殘酷的眞理。歸來後的楊炯，不再汲汲於官場的得失，而是成了帝國政壇中的一個「毒舌」。

他官小位卑，朋友勸他謹言慎行，免得禍從口出，他卻毫不在意。他曾當場對那些爾虞我詐、道貌岸然的朝廷官員進行冷嘲熱諷，說你們都是「麒麟楦」。別人問他，「麒麟楦」是什麼東西？楊炯便給他們解釋說，你們在會聚飲宴之時，都看過玩耍麒麟的把戲吧？事先做好一件有頭有角的麒麟皮，蒙在毛驢身上，扮成麒麟巡場奔跑。等到揭下那層皮，底下不過是一頭蠢笨的毛驢。那頭蠢笨的毛驢，就叫「麒麟楦」。官員們恍然大悟，原來楊炯是在用這個詞罵我們啊！楊炯接著諷刺說，那些無德無才而身穿朱紫官服的人，跟毛驢披上麒麟皮又有什麼區別呢！

儘管一生前途盡廢，楊炯卻活成了一個率性的詩人，不向權貴屈膝。連人品很一般的宋之問，都不得不感慨楊炯「氣凌秋霜，行不苟合」。

馬茂元如此評價楊炯的所作所爲，他「懷才自負，充滿著時代熱情和功名事業的意念，但卻不苟安於庸俗的官僚生活，或者是俯首貼耳地做個統治階級倡優同蓄的御用文人」。

任何時代，做一個批判者都要付出代價。果然，沒過兩三年，楊炯又被貶，貶到盈川當縣令。

他是在盈川縣令任上去世的，年僅四十三歲。

終其一生，就是個縣令的命。但，這一點卑微的歸宿，已經算是初唐四傑中結局最好的一個了。

肆

初唐四傑中，楊炯是最後一個謝幕的，而最早謝幕、離開人世的那個，是他的同齡人王勃。王勃，僅僅活了二十七年，他的光芒卻照徹千年。他是眞正映照帝國榮耀的天才，是當之無愧的初唐四傑之首。

史書記載，王勃六歲時便能作詩，且詩文構思巧妙，詞情英邁。十歲以前，已經通讀了歷史典籍和儒家經典，並寫書專門指摘經典注釋的錯誤。十二歲時，他偷偷離家出走，投拜長安名醫兼術士曹元爲師，學了十個月，「盡得其要」，把曹元的看家本領全學會了，這才返回家中。十七歲左右，王勃通過科舉，授朝散郎，成爲大唐最年輕的官員。後經吏部推薦，到沛王府擔任修撰。但，一個天才的好運，至此已經用光了。王勃的最後十年，將是命運的三連擊。

唐王室盛行鬥雞，恃才逞能的王勃寫了一篇〈檄英王雞文〉，聲討英王的鬥雞，爲沛王拍馬助興。文章傳到唐高宗那裡，皇帝龍顏大怒，認定王勃蓄意挑撥皇子之間的關係，於是下令將王勃革除官職，趕出沛王府。這是命運的第一擊，它徹底改變了王勃的人生軌跡。

王勃的憂憤人生開始了。他曾如此抒發心頭之痛：

天地不仁，造化無力。授僕以幽憂孤憤之性，稟僕以耿介不平之氣。頓忘山嶽，坎坷於唐堯之朝；傲想煙霞，憔悴於聖明之代。

時代是個好時代，可是人生的路，怎麼就越走越窄呢？

他告別長安，四處遠遊。有意思的是，初唐四傑都曾一次或數次去了巴蜀，要麼做官，要麼出使，要麼遊歷，四人之間相互結識的地方，最大的可能是長安，其次就是四川了。

整整漂泊了三年，王勃返回長安。他的詩賦越寫越好，名氣越來越大，楊炯後來給王勃的文集寫序說，王勃「每有一文，海內驚瞻」。只要他有文章出來，絕對洛陽紙貴。

但是，還有更大的暴擊在等著他。

王勃和一個叫曹達的官奴關係不錯。曹達犯了罪，跑到王勃那裡避禍，王勃收留了他。但風聲一緊，王勃怕被揭發後自身難保，竟然把曹達殺了。東窗事發後，王勃按律當誅，恰逢朝廷大赦而免死，但被革除公職。他的父親也受牽連而遠貶爲交趾（今屬越南）令。王勃從此棄官沉跡，避居鄉下老家。這是命運的第二擊，一代天才陷入了窮途末路。

以前，他寫送別詩是這樣的：

城闕輔三秦，風煙望五津。
與君離別意，同是宦遊人。

海內存知己，天涯若比鄰。
無為在歧路，兒女共沾巾。

如今，他寫起送別詩，變成了這樣：

送送多窮路，遑遑獨問津。
悲涼千里道，淒斷百年身。
心事同漂泊，生涯共苦辛。
無論去與住，俱是夢中人。

從豁達到悲涼，中間只隔著一次人生劫難，讓人無限唏噓。

六七五年，秋天，王勃最後一次遠行。他要去交趾探望父親。途經南昌，正趕上洪州（即南昌）都督閻伯嶼在重修落成的滕王閣大宴賓客，王勃獲邀參加。席間，閻都督號召賓客爲這座新樓閣賦詩作文。賓客們都知道，閻都督只是爲了當眾誇耀自己女婿孟學士的才學，所以紛紛推辭不寫，好讓孟學士當眾發揮。

王勃忽然接過紙筆，說：「我來。」

據唐人筆記記載，閻都督頓時老大不高興，起身離去，但又忍不住好奇名動天下的大才子王勃到底能寫出什麼。一會兒，手下報告：「開頭寫了『豫章故郡，洪都新府』。」閻都督說：「這不過是老生常談。」接著手下又報告：「他寫了『星分翼軫，地接衡廬』。」閻都督不作聲了。等聽到手下報告說「落霞與孤鶩齊飛，秋水共長天一色」時，閻都督大驚，嘆服不已：「眞是天才，這篇文章將永垂不朽！」

一篇光照文學史千年的〈滕王閣序〉，由此誕生。

在這之後，命運給了王勃第三擊，也是致命的最後一擊。從交趾探望父親後，歸途中，南海風急浪高，王勃失足掉進海中，驚悸而死。

六七六年，春夏之交，一顆巨星，悄然隕落。

同年，冬天，〈滕王閣序〉傳到帝都，文人士大夫交口稱讚。唐高宗命人取來一閱，讀到「落霞與孤鶩齊飛，秋水共長天一色」時，不禁連拍大腿：「千古絕唱，此乃天才！」越讀越過癮，接著問道：「現在，王勃在何處？朕要召他入朝！」底下人吞吞吐吐：「王勃，已落水而亡。」

上至帝王，下至布衣，對所有愛好文學的人來說，這或許是初唐最大的一個噩耗。

伍

初唐四傑的人生，詮釋了什麼叫天妒英才。在網上，初唐四傑，有時候被諧音成「初唐四劫」，也很貼切。

他們的「劫」，有個人的因素，也有時代的因素。但放眼唐朝二百九十年，如果是晚唐的衰落期，身處其中的杜牧、李商隱，命運不佳，尚可理解，因爲帝國的沉淪必然裹挾著個體的悲劇；但是初唐四傑生活的時代，整個帝國都處在上升期，他們卻走向了反向的悲劇，帝國的機遇之門，並未能向有才之人打開，這恰是王楊盧駱四人更讓人同情和悲憫的原因。

人生實苦，一個人要才、時、命三者同時兼具，才能活得出彩。但這又談何容易？歷史往往是，個體的悲哀造就了時代的偉大。初唐四傑是不幸的，但當他們在遍布荊棘的山路上奮力前行時，唐詩卻是幸運的。

四傑出名之前，唐朝詩人的代表叫上官儀，他寫的詩深得唐太宗喜愛，整個文壇紛紛效仿，當時人稱「上官體」。但正如聞一多所說：「宮體詩在唐初，依然是簡文帝時那沒筋骨、沒心肝的宮體詩。不同的只是現在辭藻來得更細緻，聲調更流利，整個外表顯得更乖巧，更酥軟罷了。此眞所謂萎靡不振。」

直到初唐四傑的橫空出世，爲唐詩注入了一股新鮮活力。他們將詩的主題擴大，突破宮廷的局限，貼近百姓，轉向現實，不僅描繪市井生活，更延伸至邊塞苦寒。詩風清新剛健，一洗朝中俗氣。他們四人的努力，爲唐詩日後的繁榮氣象埋下了伏筆。明朝人胡應麟說，「唐三百年風雅之盛，以四人者爲之前導也」。

文學的攀登，都是踏著前人留下的屐痕前行的。沒有初唐四傑，就不會有後來的李杜、王孟、高岑、元白等名垂青史的組合。

可是，很多人不懂這個樸素的道理。他們在前行之後，反過來嘲笑前人的落後與過時，調侃前人的失敗與悲哀。杜甫很看不慣這些哂笑的人。他爲初唐四傑正名，說：

王楊盧駱當時體，輕薄為文哂未休。
爾曹身與名俱滅，不廢江河萬古流。

你們這些自以爲是、不識珠玉的哂笑者，很快便會身名俱滅了，而王楊盧駱四傑的光華將會傳之久遠，如同大江大河，萬古長流。

我記得電影《王勃之死》有一個情節，雖然是虛構的，卻頗有深意——王勃與知己杜鏡對話。杜鏡說：「大唐需要你的詞章。」王勃答：「你錯了，是我們需要大唐。」

時代，個人，國家，宿命，到底誰造就了誰？這是一個值得思考的問題。

千年孤獨陳子昂

高尚是高尚者的墓誌銘

大唐詩人陳子昂，此刻正處在他一生中最孤獨的時刻。

這是他第二次從軍，隨武則天的侄子武攸宜東征，討伐契丹叛軍。由於主帥武攸宜畏敵如虎，又剛愎自用，導致慘敗。陳子昂慷慨陳詞，提出一系列作戰建議，並表示願意親率一萬士兵擔當敢死隊。誰知，他的挺身而出卻招來武攸宜的忌恨，武攸宜不僅未採納他的建議，還將他貶爲軍曹。

英雄失路，滿腔悲憤。

在一個沙塵漫漫的黃昏，陳子昂登上了幽州台（即黃金台，又稱招賢台，故址在今河北省定興縣高里鄉北章村），孤寂憂憤，沉吟許久，寫下了〈登幽州台歌〉：

前不見古人，後不見來者。
念天地之悠悠，獨愴然而涕下。

多少年過去，如果不是刻意提起，已經沒有人記得那個讓陳子昂鬱悶的頂頭上司，也沒有人記得那場東征的最終戰果。但是，作爲詩人情感發洩的這首詩，卻流傳下來，迄今傳唱不衰。所有人都記得，獨屬於陳子昂的這一份偉大的孤獨。

每個人都有孤獨的時刻，你有你的孤獨，我有我的孤獨，但我們的孤獨如此卑微，根本不足爲外人道。而陳子昂的孤獨，被他一個字一個字寫下來，只用了二十二個字，就成爲傳世的、偉大的孤獨。

大約在這首詩誕生一千年後，明末清初一個叫黃周星的文人評論說：「胸中自有萬古，眼底更無一人。古今詩人多矣，從未有道及此者。此二十二字，眞可以泣鬼。」

而陳子昂的人生，同樣「可以泣鬼」。在寫下這首千古名詩之前和之後的數年間，他經歷了兩次牢獄之災，最終在年僅四十二歲的時候喪命，說起來，眞的跟他的詩一樣讓人痛心。

壹

陳子昂是五百年才出一個的奇才，按照唐朝人的說法，叫「道喪五百歲而得陳君」。

他是初唐人，寫的詩卻被認爲是盛唐詩。因爲，他是初盛唐詩歌轉換過程中的決定性人物，他的詩風幾乎影響了在他之後的所有唐代大詩人。

用現在的話來說，陳子昂就是一面顯赫的旗幟。自李白、杜甫以下，幾乎所有叫得出名號的大詩人，不是陳子昂的迷弟迷妹，就是陳子昂的模仿者。李白一生狂放不羈，但他看了陳子昂的詩集後，撕毀自己從前的作品，並在詩裡把陳子昂稱爲「鳳與麟」。杜甫曾專門跑到四川射洪縣，去拜訪陳子昂故居，然後寫下一首詩，稱讚陳子昂：「有才繼騷雅，哲匠不比肩。公生揚馬後，名與日月懸。」白居易不僅把陳子昂和李白並列，說「每歎陳夫子，常嗟李謫仙」，還把陳子昂與杜甫合稱，說「杜甫陳子昂，才名括天地」，可見，在這名後起大詩人的心目中，大唐的三大詩人是陳、李、杜無疑。韓愈在詩裡說：「國朝盛文章，子昂始高蹈。勃興得李杜，萬類困陵暴……」言下之意，陳子昂就是盛唐文學的先行者，沒有他就沒有李、杜。

和初唐四傑一樣，陳子昂是唐詩黃金時代繞不過去的一個人物。但比初唐四傑還厲害的是，他適逢其時地提出了詩文變革的理論，使得高雅沖淡之音成爲唐詩的主基調，風骨端直之韻成爲唐詩的新潮流。

他也因此曾被稱爲「唐之詩祖」，這個頭銜還是相當嚇人的，想想上面提到名字的大詩人，都是他的徒子徒孫啊。可是，這樣一個牛人，一生卻沉淪下僚，兩度入獄，最終死於非命，歷史往往如此吊詭。

貳

陳子昂的生卒年，歷史上沒有確切的記載。一般認爲，他生於六六一年，死於七〇二年。

六六四年，武則天殺宰相上官儀，天下稱唐高宗和武則天爲「二聖」，武周集團開始把持李唐朝政。一直到七〇五年，武則天病死，唐中宗李顯復辟，武周時代宣告結束。可見，陳子昂一生基本與武則天時代相始終。

我覺得用這樣一句話來形容詩人與時代的關係，最爲貼切不過——武則天時代，成就了陳子昂，也毀掉了陳子昂。

武則天時代的一個重要歷史功績，是打擊門閥，起用寒族。陳子昂的家族雖然是四川射洪當地有名的巨富，我們都知道他曾在京城豪擲百萬買了一把胡琴「炒作」自己多才的故事，但是，這樣的地方富豪在唐初，也僅是個寒族罷了。縱使你再有才，在看重門閥的年代，要走科舉之路，那是難於上青天啊。

陳子昂早年不愛讀書，有俠氣，喜歡打抱不平。到十七、八歲後幡然醒悟，發奮讀書，顯示出非凡的天賦，所作詩文已被認爲有漢賦大家司馬相如和揚雄的風骨。當時蜚聲文壇的王適，讀到陳子昂的詩後讚歎不已，預言此人日後必爲「海內文宗」。

但陳子昂第一次出川考科舉，就失敗了，落第而歸。受到打擊後，他鬱悶還鄉，給朋友寫了一首落寞的詩，說他要回四川老家歸隱了：

轉蓬方不定，落羽自驚弦。
山水一為別，歡娛復幾年。
離亭暗風雨，征路入雲煙。
還因北山徑，歸守東陂田。

瞭解陳子昂的人，都不會把他這席落第後的傷心話當眞。他可是有濟世經邦、建功立業大抱負的人，怎麼會年紀輕輕就隱遁不出呢？

果然，沒過兩年，陳子昂就再度出川赴試。正如後來他自己所說，「臣每在山谷，有願朝廷，常恐沒代而不得見也」。他在所謂隱居的歲月裡，心心念念的是要找機會出來做事。

這次，二十二歲的陳子昂中了進士。雖然僅得到一個從九品下的小官職，卻是他人生的一個重要轉折。一個寒士，通過科舉進入朝廷官員行列，這種事情在武則天時代以前，幾乎是不可能的。所以說，是武則天時代成就了陳子昂。

史載，武則天讀了陳子昂的詩文後，「奇其才」。武則天一生中僅稱讚過兩個文人「有才」，一個是起草檄文罵她的駱賓王，另一個就是陳子昂。

當時，唐高宗李治駕崩於洛陽，朝堂上大臣們爲送不送皇帝的靈柩回長安而爭論不休。陳子昂上〈諫靈駕入京書〉，認爲洛陽去長安路途遙遠，扶柩回京，勞民傷財，不如就近葬於洛陽。武則天看後，大加讚賞，立即召其問政。談及王霸大業、君臣關係時，陳子昂慷慨應答，武則天甚為滿意。

初入官場的陳子昂，因為這次召見倍受鼓舞，認定自己遇到了「非常之主」。但他恰恰沒想到，終其一生，正是這位「非常之主」，扼住了他的仕途，讓他在官場摸爬滾打十多年，到頭來僅是一個空有其名的從八品上小官員——右拾遺。

武則天以非常手段上位，故為了鞏固地位，推行恐怖政治，利用武家黨羽、酷吏、元老重臣等各種政治勢力相互鬥爭和牽制，從而達到操縱全域、消除統治危機的目的。對待人才，她採取的是一套所謂的「羈縻政策」，留用，但從不重用。她秉性剛烈殘忍，卻對自己的統治手段十分清醒，知道直言忠諫的人不能殺，可以留著遏制諸武和酷吏的專橫殘暴，使當時的政治秩序不至於崩裂。陳子昂對於武則天的意義，或許就是這樣一枚政治的小棋子。

與陳子昂年齡相仿的開元名相宋璟（六六三—七三七），在武則天時代同樣默默無聞，要一直熬到唐玄宗上位後才獲得大顯身手的機遇和地位，成為唐朝四大賢相之一。可惜的是，陳子昂未能等到武則天時代落幕就已離開人世，所以，我們看不到陳子昂人生的另一種可能性。

參

六九〇年，武則天正式稱帝，改國號為周。據說當時有六萬多人上表請求武則天順應天意改國號，陳子昂也加入百官勸進的行列，呈獻〈上大周受命頌表〉。因為這一選擇，陳子昂被後世一些史家認定爲諂媚「僞周」的叛逆分子，是操守有虧的「貳臣」，甚至被罵爲「立身一敗，遺垢萬年」。

但很明顯，這種死忠於一姓王朝的觀念，基本是宋代以後理學興起才被不斷強調和構建出來的。宋代以前，知識分子並未患上愚忠之病。我們都知道，在李唐、武周變革之際，就有包括狄仁傑在內的許多重臣是武周的支持者；時間再往前推，在玄武門之變發生後，李建成的臣子魏徵後來也跟了李世民，並成就一段君臣佳話；即便在唐代之後，五代十國時期，老臣馮道左右逢源，曆仕四朝十帝，卻始終是頗有影響力的人物……這些人，在歷史發生的當時，並未受到時人的詬病，而只有在宋代發展出一套機械的忠君理論後，後來人才站在道德制高點，對他們進行「後入爲主」的指摘和斥罵。

陳子昂就是在宋代以後躺槍的。整個唐代和五代時期，沒有人因爲他的政治立場而對他進行吹毛求疵的指責。恰恰相反，因爲他的俠義、耿直、敢言，他被認爲是人品無缺的完人。人們封他爲「詩骨」，不僅僅由於他宣導的詩歌「風骨論」，還由於他本人就活得很有風骨，是一個骨鯁之士。

陳子昂上表支持武則天稱帝改國號，當然包含了他對武則天知遇之恩的感激之情，但更主要的是，武則天的統治確實給當時的帝國帶來一種昂揚向上的氣息。尤其是像他這樣的庶族，終於有了上升的通道。但就像我前面所說，武則天有自己的執政手腕，對於那些有悖她殺伐立威政治理念的人才，她可以留用，但決不重用。陳子昂的仕途悲劇，根源就在這裡。

陳子昂肯定也意識到問題所在，但以他的爲人，他決不會爲了仕途升遷而去迎合武則天時代存在的弊政。

他是那個時代難得的直臣之一，雖然支持武周，但不能容忍武周的酷政，衷心希望時代變得更好一些。

在朝廷任職期間，他「以身許國，我則當仁」，多次越職上奏，指陳得失。他批評武則天任用酷吏，濫施刑罰，勸諫武則天停止誅殺李唐宗室，廢除告密等使得人人自危的做法。

武則天「禁天下屠殺及捕魚蝦」，換取不殺生的美名，但這導致江淮饑民「餓死者甚眾」，陳子昂憤怒譴責，這種虛僞的政策是昏君才想得出來。

隨著陳子昂的諫言越來越犀利，武則天的臉色也越來越難看。史書說，武則天對陳子昂的奏疏「不省」、「不聽」。陳子昂眼看著與自己交遊的友人一個個升官發達，而他這個經常批逆鱗的人，卻始終位卑職小，有時難免心灰意冷。

儘管如此，面對不平之事，他仍然豪俠果敢，挺身而出。友人喬知之被武氏當權者迫害致死，知情者大多三緘其口，只有他站出來說話。他寫過兩句詩：「赤丸殺公吏，白刃報私仇。」頗有俠義精神。

在屢遭冷遇的情況下，陳子昂依然爲民請命，直犯龍顏，這在鼓勵告密、大興冤獄的武則天時代，是需要多麼巨大的勇氣和人格力量啊。

大概在這個時期，三十四歲的陳子昂蒙受了牢獄之災。史書沒有寫明他入獄的緣由，但從當時酷吏橫行的政治環境來看，連狄仁傑、魏元忠等名臣都曾無辜遭到酷吏誣陷，狄仁傑還差點因此喪命，陳子昂的入獄也就不難理解了。

陳子昂這次入獄，至少坐牢一年半以上。從他出獄後呈獻給武則天的〈謝免罪表〉可以看出，他對武則天果斷終止酷吏政治，讓他出獄並官復原職，還是心存感恩的。因此，他在奏文中主動請求赴邊疆殺敵。在這種情況下，他隨武攸宜東征，並發生了文章開頭的一幕。

在幽州台寫下那首千古名詩之後，面對有殉國之志卻始終報國無門的狀況，陳子昂終於做出了最後的抉擇。

七〇〇年左右，陳子昂以父親年邁需要服侍為由，自請罷職還鄉。女皇武則天特許他帶官職、薪俸歸去，以示優待。陳子昂回到了射洪老家，棲居山林，搭了數十間茅草屋，以種樹採藥度日。

十多年前，初入官場蒙獲武則天召見時，他寫過一首詩：

平生白雲志，早愛赤松遊。
事親恨未立，從宦此中州。
主人亦何問，旅客非悠悠。
方謁明天子，清宴奉良籌。

再取連城璧，三陟平津侯。
不然拂衣去，歸從海上鷗。
寧隨當代子，傾側且沉浮。

當時，他以爲自己得遇「非常之主」，可以建立「非常之功」，所以寫得意氣風發。但即便在如此春風得意的時刻，他仍不忘在詩的末四句寫上「不然拂衣去，歸從海上鷗。寧隨當代子，傾側且沉浮」。意思是說，如果這個「非常之主」不能讓人實現經世濟民的抱負，那我寧可拂衣而去，追隨海鷗浪跡歸隱，也決不說違心話，決不行苟且事。

而今，這首詩成了四十歲的陳子昂辭官返鄉的預言，也成了他堅守初心的見證。

肆

不知道從什麼時候起，只要跟人聊起唐代那些仕途失意的才子、詩人，一定會有人發出這樣刺耳的聲音：這些人只是詩人而已，沒什麼可惋惜的；正是他們的失落，才給眞正的治世將臣讓了路。

我卻向來不敢苟同這樣的唯結果論。

不能因爲命運給每一個人書寫了唯一的結局，就把其他的可能性都堵住了。詩人才子和治世將臣，並不是對立的關係，而更像是兩個有交集的圓圈。有些人最終以詩人之名傳世，有些人最終以能臣之名傳世，這固然都與他們最擅長的能力有關，但眞正決定他們能做出什麼樣的歷史功績的，卻是時代機遇與個人選擇。

在唐代，根本沒有詩人這種職業或分工。整個傳統中國社會，一個知識分子，只有兩條路可供選擇：要麼仕（做官），要麼隱（歸隱）。而且，選擇「仕」的人占了絕對主流，儘管他們心中都奉守「隱」的文化傳統。這就是說，今天我們口中的「唐代著名詩人」，其實絕大多數人眞正的職業是官員，寫詩僅僅是他們的一種干謁手段、社交需要、心理需求或興趣愛好而已。

這些人，之所以在後世被冠以大詩人的頭銜，也僅僅是因爲他們的詩寫得太好了。在漫長的歷史時段中，任何現實功業都如同流水，而只有文字的流傳可以跨越時代，深入人心，永不磨滅。這就是我們銘記詩人及其詩作的眞正原因。

但我們切記不能因此顚倒本末，認爲一個人成了大詩人，就說他除了文才很行，其他能力都不行。

歷史上，人有能力卻沒有機會施展，這樣的例子太多太多了。有的生不逢時，有的懷才不遇，有的身不由己，有的志不在此……時代與個人的每一個變數，都會影響個體的實際命運。初唐四傑，每一個都很厲害，但都命運多舛，不是他們能力不行，而是造化弄人。他們有的站錯了隊，有的被疾病糾纏，有的死於意外，最終，一個個天縱之才都活成了天妒英才。晚唐大詩人杜牧，從他留下來的政論文來看，他對收拾時局、制伏藩鎭割據都有很獨到的方略，可惜他一生陷於牛李黨爭中，沒有機會爲將爲相，只能在「十年一覺揚州夢」的詩行中徘徊度日……

陳子昂，同樣是一個被埋沒的政治大才。他給武則天上了十多道奏疏，探討治國之道，但均未被武則天採用。不過，這些奏疏流傳了下來。

四百年後，一個政治家讀到了陳子昂的奏疏，稱讚說「辭婉意切，其論甚美」。這個政治家叫司馬光。

又六百年後，一個思想家讀到了陳子昂的奏疏，感慨說此人絕不僅僅是一個「文士」，假如他能遇到一個明君以盡其才，絕對是與姚崇齊名的「大臣」。這個思想家叫王夫之。

又幾十年後，一個皇帝讀到了陳子昂的奏疏，激賞不已，說這些文字「良有遠識」，「洞達人情，可謂經國之言」。這個皇帝是康熙。

無論是政治家、思想家，還是帝王，他們都深深懂得，陳子昂是被時代耽誤的一個宰相之才。那些奚落詩人只能是詩人的人，又有什麼資格繼續他們紙上談兵式的奚落呢？

我在前面其實已經講到了，陳子昂之所以政治不得志，主要是兩個原因：他有原則，有底線，不願意奉承武則天時代的弊政，而希望國家可以變得更好；他活得不夠長，沒熬過把人才當點綴的武則天時代，從而失去了像姚崇、宋璟一樣施展政治才幹的可能性。

唐朝人趙儋說得很清楚，他說陳子昂「道可以濟天下，而命不通於天下；才可以致堯舜，而運不合於堯舜」。時運不濟，命途多舛啊！

伍

陳子昂是孤獨的。

從進入朝廷的那一刻起，無論他心懷多大的熱情和抱負，都無法改變這層孤獨的底色。他的詩，有眾多帶「孤」字的意象，「孤鳳」、「孤鱗」、「孤征」、「孤憤」、「孤劍」、「孤松」、「孤飛」、「孤舟」等。「獨」字也在他的詩中屢屢出現，「獨坐」、「幽獨」、「獨青青」、「獨嬋娟」等。可見他是一個內心孤寂之人。

但，陳子昂最值得尊敬的地方，正在於此：他孤獨，但不想著合群。因爲，在當時的大環境下，合群意味著要放棄原則，可能還要同流合汙。他不屑如此。

他曾在一首詩中反思過自己的命運。這是後世評價很高的一首詩，出自他的〈感遇〉組詩。詩中是這樣寫道：

翡翠巢南海，雄雌珠樹林。
何知美人意，驕愛比黃金？
殺身炎洲裡，委羽玉堂陰。

旖旎光首飾，葳蕤爛錦衾。
豈不在遐遠？虞羅忽見尋。
多材信為累，歎息此珍禽。

全詩都在描寫一種不同流俗的翡翠鳥，全身長有極漂亮的羽毛，招惹起美人的喜愛，竟想用它來裝點首飾和錦衾，因而招致殺身委羽之禍。全詩結束時才以「多材信爲累」，點出詩人的本意：一個品格高潔、才華出眾的人，一旦爲統治者所垂青，被選用作點綴升平的飾物，就難免因才華之累而喪生。

很明顯，詩人自己就是那隻翡翠鳥。

七〇〇年左右，一場牢獄之災和殺身之禍，正在等待還鄉歸隱的陳子昂。

在老家的陳子昂，原本準備繼承司馬遷的志向編寫《後史記》，大綱都編好了，卻遭遇了喪父之痛。父親病危逝世，給了這個至孝之人重重的一擊。史書說，陳子昂痛哭連天，以至於自己身瘦如柴，衰弱不堪。恰在此時，射洪縣令段簡給陳子昂加了一個莫須有的罪名，將他拘捕入獄。在雙重打擊下，陳子昂整個人都垮了，拄著拐杖都難以行走。

關於縣令段簡爲什麼會拘捕陳子昂入獄，史學界有不同的說法。有的認爲段簡製造冤獄，是想訛詐陳家的錢財；有的則說段簡的背後其實是武三思、武攸宜等諸武的勢力，他們對陳子昂歷來的直言極諫早已心生不滿，所以逮住機會借段簡之手將其殺害。

入獄前，陳子昂給自己算了一卦，然後仰天長歎：「天命不佑，吾其死矣！」七〇二年，陳子昂死了，年僅四十二歲，「天下之人，莫不傷歎」。

陳子昂死去的那一年，盛唐一代詩人正在孕育中：孟浩然大概十三、四歲，李白和王維只是一、兩歲的嬰兒，而高適、杜甫、岑參這些人都還沒有來到這個世界。等他們長大以後，他們將從陳子昂那些寂寥而蒼涼的文字中，預感到中國詩史上一個空前絕後的光榮時代即將降臨；他們將對這個一生偉大而孤獨的前輩，致意良久；他們將對他那些震古鑠今的詩句，不斷傳唱——

前不見古人，後不見來者。

念天地之悠悠，獨愴然而涕下。

賀知章

大唐最幸福的詩人

壹

天寶元年（七四二），李白與賀知章在長安相遇。兩人都是狂放豪邁的詩人，也是疏宕不拘的酒徒，雖相差四十二歲，卻一見如故。

初到長安的李白向老前輩呈上一首〈烏棲曲〉，年過八旬的賀老一邊痛飲一邊吟誦，讚歎道：「此詩可以泣鬼神矣！」李白大受鼓舞，又從詩袋中取出自己的得意之作〈蜀道難〉。

噫吁戲，危乎高哉！蜀道之難，難於上青天！蠶叢及魚鳧，開國何茫然！爾來四萬八千歲，不與秦塞通人煙……

賀知章讀完前幾句，酒杯就快拿不穩了。全詩讀罷，激動不已，給李白瘋狂點讚：「公非世間凡人，一定是天上的太白金星遇謫下凡！」「謫仙人」這個流傳千古的名號，正是老賀送給小李的。

酒逢知己千杯少，賀、李這對忘年交在長安酒肆縱酒高歌，一時竟花光了酒錢。賀知章二話不說，手一揮，解下腰間皇帝御賜的金龜拿來抵押，換酒錢。金龜可不是尋常之物，只有朝中高官才能佩戴。

孔子曰：「不得中行而與之，必也狂狷乎。狂者進取，狷者有所不為也。」後人解釋說，狂者，進取於善道。若說「狂」，自號四明狂客的賀知章絕對不遜於後輩李白。

不同的是，李白的狂，站在另一個角度看，多少有些讓人不舒服。如果你是領導，肯定不希望下屬在工作時醉眼朦朧，「天子呼來不上船，自稱臣是酒中仙」。估計也看不慣他調戲自己的秘書和老婆，讓力士脫靴、貴妃捧硯。而賀知章的狂，不僅是他人生最好的注腳，而且成就了他一生平順、福壽雙全，怎麼看，都是一個可愛的老頑童。

賀知章是浙江有史可稽的第一位狀元。他三十六歲科舉入仕，在中央任職五十載，從未被貶外地，如此經歷在唐代高官中絕對是屈指可數。晚年還鄉後，他自己也寫詩道：「少小離家老大回，鄉音無改鬢毛衰。」

賀知章還是唐代長壽的詩人之一，八十六歲才辭官回鄉，壽終正寢。他與唐朝著名的憤青陳子昂一樣，生於初唐，不同的是，他的一生幾乎橫貫盛唐，既是開元盛世的建設者，也是見證者。後世詩人中，南宋的陸游也以高壽著稱，但其人生幸福指數，顯然遠不如賀知章。

如果有記者採訪賀知章，問一句你幸福嗎？賀知章肯定會笑著答，他姓賀，之後再向大家分享他的幸福秘訣。

貳

賀知章考中狀元後，第一個職務是國子四門博士，相當於全國最高學府的教授。古人追求學而優則仕，可賀知章對仕途卻淡然處之。他「性曠夷，善談論笑謔」，有一種魏晉名士的風範，整日樂樂呵呵，沒事就和同事、學生打屁，從來不擔心自己哪天升遷，什麼時候漲工資。當了幾年國子學、四門學的教授後，賀知章才在姑表兄弟、宰相陸象先的幫助下，去了太常寺當禮官，正式踏上仕途。

這是賀知章人生中的第一個機遇。

要知道，陸象先可是出了名的直臣。他當年由太平公主舉薦，當上宰相，卻只知道在工作崗位上埋頭苦幹，從沒捲入太平公主的權力鬥爭。唐玄宗李隆基發動先天政變後，因陸象先剛正不阿，才沒有對他進行清算。

陸象先有句名言，天下本無事，庸人擾之爲煩耳。這麼一個不與世俗同流合汙的人物，卻特別欣賞賀知章。陸象先說：「賀兄倜儻多才，是眞正的風流之士。我跟其他兄弟離別日久，從來不會想念他們。可要是一天沒和老賀聊天，我就覺得胸中頓生鄙吝之氣了。」

賀知章這種樂天派的性格，天生就有感染力，連陸象先這種老學究式的人物，也對他有一種親近感。

參

「落花眞好些，一醉一回顚。」（賀知章〈斷句〉）

豪放的四明狂客，自然離不開美酒。

在賀知章告老還鄉後，才姍姍來遲、困守長安的杜甫，一直十分仰慕這位文壇前輩的風采。〈飲中八仙歌〉中，杜甫寫的第一位酒仙正是賀知章。他取魏晉「阮咸嘗醉，騎馬傾欹」的典故，寫道：「知章騎馬似乘船，眼花落井水底眠。」

在杜甫的想像中，賀知章和李白、李適之等七人執酒共酌，喝醉後騎馬似乘船般搖晃，醉眼昏花的他不愼跌落井裡，竟然在淺水中坦然酣睡。

醉後的老頑童更是乘興而發，他與飲中八仙之一的「草聖」張旭常走街串巷，在路上一遇到雪白的牆壁或屛障，二人就索筆揮灑，在上面寫詩。溫庭筠曾評價賀知章的書法：「知章草書，筆力遒健，風尚高遠。」其率性留下的筆跡，被民間奉爲墨寶，老百姓都捨不得毀壞。賀知章逝世八十多年後，詩人劉禹錫還曾在洛陽發現他當年的題壁，並在詩中寫道：「高樓賀監昔曾登，壁上筆蹤龍虎騰。」

普通人亂塗亂畫是破壞公物，賀知章在牆上寫詩就是街頭藝術了。

肆

賀知章的題壁如今已難尋，甚至連他的詩現存也只有二十餘首。這對於一位長壽詩人而言極為反常，畢竟後來就有一個同樣活了八十多歲的兼職詩人乾隆皇帝，一生留下四萬多首詩。有學者認為，賀知章的詩文或許大部分已在漫長的時間中散佚，又或許是他為人隨性，生前所作的詩隨作隨棄，從來沒有妥善保存，導致去世後也沒能結集。

賀知章的詩淹沒在歷史長河中，他所作的文章卻在一千多年後逐漸重見天日。近代以來，考古學界先後出土賀知章所作墓誌有八方之多，他是近年出土唐代墓誌最多的作者，最早一篇寫於開元二年，誌主為前朝官員戴令言，出土於河南洛陽。

賀知章，一個放蕩不羈的詩人，為何會為素未謀面的權貴創作這麼多墓誌銘？有學者推測，賀知章寫墓誌，「在一定程度上不能說與接受請託、收取潤筆沒有關係」，說白了，就是缺錢。

賀知章終生嗜酒，率性生活，自然需要大量花費，可位高權重的他，寧願給人寫墓誌，也不投機取巧。在長安，賀知章和李白惺惺相惜，一塊兒喝酒，喝到腰包空空如也。他既不仗勢欺人，也不借機賒帳，直接把腰間的金龜一解，拿去跟店家換酒錢。

在紙醉金迷的大唐盛世，賀知章始終保持著本真的生活態度。正所謂：「主人不相識，偶坐為

林泉。莫謾愁沽酒，囊中自有錢。」（賀知章〈題袁氏別業〉）

伍

在明爭暗鬥的朝廷中，別人巴不得多在皇帝面前爭取表現機會。生性率眞的賀知章，並不適應官場規則，他踏實工作，升遷速度很慢，儘管譽滿天下，可年近六旬依舊是個無名小官。如果活在現代，可能就會有些人以他爲例子寫幾篇販賣焦慮的毒雞湯，說世道變壞，是從狀元沒錢買酒開始的。

在中央工作三十年後，年過花甲的賀知章才在開元十三年（七二五）升爲禮部侍郎、集賢院學士，之後又改任太子賓客、秘書監（世人因此尊稱其爲「賀監」）。那時，與他同期的官僚早已出盡風頭，甚至已經不在人世了。熬了大半輩子才熬出頭，賀知章可能也只會從容笑一笑：別急，讓老夫再喝杯酒。

有人說，賀知章沒有出眾的政績，算不上好官。然而開創盛世的並非只是姚崇、宋璟這樣的名相，也需要千千萬萬如賀知章這樣默默奉獻的官吏。他們不是最出眾的一個，卻如你我，化作匯成巨流的涓涓溪水。

在朝中，有些北方人帶著地域歧視，嘲笑浙江人賀知章是「南金復生中土」，意思是賀知章是南方的鄉巴佬，到了京城才得以煥發光彩。賀知章在京生活五十年，但他浙江口音一向比較重。杜甫的詩就說過，「賀公雅吳語，在位常清狂」，一口「塑膠普通話」難免和別人產生隔閡。

賀知章知道別人對他有偏見，不怒也不惱，寫了首通俗易懂的詩送給這些同僚，嘲諷道：「鈒鏤銀盤盛蛤蜊，鏡湖蓴菜亂如絲。鄉曲近來佳此味，遮渠不道是吳兒。」（賀知章〈答朝士〉）

你們這幫老傢伙，只會當「鍵盤俠」，吃南方出產的蛤蜊和蓴菜等美食，就不管它們是不是南方產的，對南方人幹嗎這麼挑剔呢？

對同爲南方人的政敵，賀知章也是一副嬉皮笑臉的樣子。

韶州曲江（今廣東韶關）人張九齡是開元年間的賢相，可爲相時一向看不慣賀知章爲人，對他處處打壓，讓他累年不遷，一直得不到提拔。

後來，張九齡罷相，怕賀知章趁機報復，主動向賀知章道歉：「昔日九齡多管閒事，讓公多年不得升遷，爲此感到遺憾。」賀知章應聲答道：「知章蒙相公庇蔭不少。」

張九齡就納悶了：「我什麼時候庇護過你呀？」

賀知章一如往常詼諧幽默，說：「因爲之前您在朝爲相，都沒人敢罵我爲『獠』（獠，北方人對南方人的蔑稱），您走後，這朝中就只剩我一人了。」

在權力遊戲中，賀知章只是一個配角，但在他的生命裡，他已是最好的主角。歲月靜好，只有賀知章在盡情享受人生，所以他活得久，過得也最輕鬆。

陸

天寶三載（七四四），即小說《長安十二時辰》故事發生的時間，大唐盛世正在悄無聲息中走向腐朽衰亡。唐玄宗怠政，專寵楊玉環，李林甫大權獨攬，排除異己，安祿山上下經營，羽翼豐滿。盛世浮華的表面，竟是危機重重。

賀知章的生活一如既往地平靜。那一年，他回家了。八十六歲高齡的賀知章生了一場病，一度精神恍惚，大病初癒後，便以出家當道士為由，向唐玄宗告老還鄉，歸隱鏡湖。

賀知章為官五十年，將快樂帶給身邊每個人。唐玄宗對這個可愛的老頭由衷感到親切，為他舉辦了大唐文壇最盛大的一場餞別宴會，如同送別一位多年知交。唐玄宗下詔，在京城東門設宴，並與到場的百官寫詩為賀知章送行。之後，這些送別詩整理成冊，由唐玄宗親自賜序。

城門外，長安城最有權勢、最富才華的人物悉數到場，祝賀老賀光榮退休，盛況空前。在大唐，從來沒有一個文人享受過如此高的待遇。賀知章身披唐玄宗御賜的羽衣，與前來相送的客人一一道別，這其中有宰相、宗室、好友，還有他的學生——太子李亨。

時任翰林供奉的李白為老友寫作一首〈送賀賓客歸越〉：「鏡湖流水漾清波，狂客歸舟逸興多。山陰道士如相見，應寫黃庭換白鵝。」

久客異鄉的遊子，沿著夢中的足跡，回到故鄉江南。歷經五十多個年頭的滄桑，日子明明是一天天地過，可在那一刻，賀知章卻像穿越時空的「爛柯人」，在家鄉找不到一絲熟悉的痕跡，只有同鄉的孩子們好奇地問：「老爺子，您從哪兒來？」

兒童相見不相識，笑問客從何處來。老人淡淡的悲傷後，藏著幾分童趣，一如當年紅塵中幾許輕狂。

很多人生平第一次讀賀知章的詩，是那首〈詠柳〉：

碧玉妝成一樹高，萬條垂下綠絲絛。
不知細葉誰裁出，二月春風似剪刀。

兒歌般的天眞爛漫，出自官居高位的賀知章之手，似乎有些許違和感，可與他老頑童般的性格又格外契合。廟堂之上，多少文人懷著封侯拜相的豪情壯志，即便瀟灑如李白，也未能徹底放下功名，在安史之亂中入了永王的軍營。

賀知章卻始終在做自己，做一個瀟灑的狂客，就像那句話，出走半生，歸來仍是少年。我們不妨學學老賀。平心靜氣，快意人生，方能福壽綿長。只有安然度過漫長歲月，才有機會去親眼看一看，那錦繡繁華的盛世長安。

張九齡

提前二十年預言了安史之亂

張九齡最爲人熟知的一首詩，寫於他人生最失意的時刻：

海上生明月，天涯共此時。
情人怨遙夜，竟夕起相思。
滅燭憐光滿，披衣覺露滋。
不堪盈手贈，還寢夢佳期。

這一年，六十四歲的張九齡遭到政敵李林甫排擠，被唐玄宗貶爲荊州長史。貶謫途中，清風明月之夜牽動張九齡的鄉思，他懷著對遠方親人的思念，寫下了這首膾炙人口的〈望月懷遠〉。如今，每年中秋晚會主持人都會念到其中兩句。

那一輪盛唐的明月，隨詩歌穿越時空，朗照於歷史長河之中，一千多年來讓人念念不忘，而張九齡在盛唐詩壇的地位同樣不可撼動。

張九齡一生中有兩個身分至關重要。

他是開元時期的最後一位賢相，宋人晁說之曾經感慨：「九齡已老韓休死，無復明朝諫疏來。」張九齡和韓休都是敢言直諫的宰相。張九齡罷相成爲開元盛世的轉折之一，此後危機逐漸浮現，直至安史之亂爆發。

他也是盛唐的文壇領袖之一，被唐玄宗譽爲「文場之元帥」。張九齡一生上及初唐，下攜盛唐，既是初唐詩人的繼承者，也是不少盛唐詩人的「老大哥」。我們熟知的盛唐詩人，如王維、孟浩然、王昌齡等都受過張九齡的提攜。

壹

張九齡是從嶺南走出的第一位宰相。他出身粵北山區的仕宦之家，家境貧寒，卻從小就有遠大的政治抱負，自稱「弱歲讀群史，抗跡追古人。被褐有懷玉，佩印從負薪」。（〈敘懷二首〉）

北京大學袁行霈教授如此分析：「中國的士大夫受儒家思想的影響，許多人懷著『修身、齊家、治國、平天下』的抱負，積極入世，欲拯救人民於塗炭之中，治理國家達到升平之世。……他們並不是不關心個人的功名富貴，但個人的功名富貴是通過實現這種理想而獲得的。」可以說，在做人爲官方面，張九齡深刻體會到了中國儒家思想的核心價值觀，一輩子也沒有跑偏。

這個來自偏遠煙瘴之地的才子，一身滿滿的正能量。史書記載，他十三歲時就敢寫信給廣州刺史，談論政事。廣州刺史看完這少年的來信，嘿，小小年紀說得還挺有道理，將來一定大有作爲，隨手就點了個讚：「此子必能致遠。」

之後，通過考試和舉薦，張九齡踏上仕途。宦海沉浮幾十年，他最突出的無非就兩點，說眞話，辦實事。

開元初年，唐玄宗以姚崇、宋璟爲相，勵精圖治，開創盛世。一代名相姚崇身懷治國安邦之才，深受唐玄宗信任，每次玄宗見姚崇來都要起身相迎。張九齡當時的官職是左拾遺，相比之下就是個芝麻綠豆大的小官，還是個諫官，盡幹些吃力不討好的事。

官場水很深，姚崇功蓋一世，他的親族和下屬自然也雞犬升天，有的人就幹了一些貪贓枉法的勾當。姚崇哪裡管得過來，對這些見不得人的事情只好聽之任之，朝中很多人對此敢怒不敢言。

張九齡就不服了，直接上書勸說姚崇。張九齡說：姚相啊，自從您執掌宰相的重任，不少小人跟您討好處，您應該注重提拔德才兼備的人才，教育好自己的親信，不然遲早完蛋。

雖說宰相肚裡能撐船，姚崇讀罷，也沒有公開報復張九齡，卻在之後故意給他穿小鞋。張九齡「封章直言，不協時宰」，這下子得罪當朝宰相，日子不好過，於是就乾脆請了個病假，辭官還鄉奉養母親。

這一年是開元四年（七一六），張九齡三十九歲，這當然不是他最後一次「因言獲罪」。

〈回韶州（今廣東韶關市）老家途中，張九齡深感仕途無望，心生歸隱之意，寫下一首〈南還湘水言懷〉：

拙宦今何有，勞歌念不成。
十年乖夙志，一別悔前行。
歸去田園老，倘來軒冕輕。
江間稻正熟，林裡桂初榮。
魚意思在藻，鹿心懷食蘋。
時哉苟不達，取樂遂吾情。

有句話說，那些殺不死你的，終將會讓你更加強大。如果張九齡就此成爲深山隱士，盛唐將會少一位賢相，但這位大齡待業青年在嶺南並沒有閒著。

在實地考察嶺南的交通後，張九齡發現扼守南北要衝的大庾嶺山道年久失修，行走極不方便。他立馬向朝廷彙報，建議開闢大庾嶺新路，得到同意後更是親自上陣，帶領民工劈山開路，最後如期完成，並寫下〈開鑿大庾嶺路序〉作爲紀念：「役匪愈時，成者不日，則已坦坦而方五軌，闐闐而走四通，轉輸以之化勞，高深爲之失險。於是乎鐻耳貫胸之類，殊琛絕贐之人，有宿有息，如京如坻……」

大庾嶺驛道重新開通後，從廣州北上中原的貿易往來更加頻繁，史書有「廣南金、銀、香藥、犀、象、百貨，陸運至虔州（今江西贛州）而後水運」的記載，其中陸路的必經之道就是大庾嶺。人們在嶺上種滿梅花，到宋代更是在嶺上建造關樓，遂稱為「梅關」。古驛道上的珠璣巷，成為後世中原動亂時士民南遷的中轉站。據學者考證，嶺南不少姓氏宗親，都曾寄居於珠璣巷。這段傳奇的移民史，正是始於張九齡開闢驛道的功績。

貳

官場上一代新人換舊人，姚崇死後，唐玄宗起用另一位名相張說。張說是一代文宗，執掌文壇三十年，巧的是，他還是張九齡的知音，便捎帶著提拔張九齡。張九齡幾經沉浮，在年過半百時終於升到了宰相的位置。

張九齡身居相位，如他自己在詩中所說，恪守的是「報恩非徇祿」、「高節人相重」的信念，堪稱一個有風度、有氣節的帝國官員。

張九齡輔佐唐玄宗治理江山，廣開言路，改革弊政，主張任人唯賢，以民為本，尤其是輕徭薄賦，重農桑。

封建王朝的所謂「太平盛世」，不外乎就是勞動人民吃得飽，社會基本穩定，經濟持續發展。

史書中對開元盛世的記載大都離不開對農業生產的描述：

開元、天寶之中，耕者益力，四海之內，高山絕壑，耒耜亦滿。人家糧儲，皆及數歲，太倉委積，陳腐不可較量。（《元次山集》）

是時海內富實，米斗之價錢十三，青、齊間斗才三錢，絹一匹錢二百。道路列肆，具酒食以待行人。店有驛驢，行千里不持尺兵。（《新唐書・食貨志》）

憶昔開元全盛日，小邑猶藏萬家室。稻米流脂粟米白，公私倉廩俱豐實。（杜甫〈憶昔二首〉）

張九齡重視農桑到了什麼程度呢？有一年冬季，唐玄宗到洛陽過年，突然心血來潮，改變次年二月回京的主意，與宰相商議立即啟程返回長安。皇帝出一趟門那可不得了，沿途大隊人馬護駕，各級官吏迎來送往，就連老百姓也得被迫參與其中，好不熱鬧。如此勢必會影響百姓正常生產作息。

時任中書令的張九齡認為不妥，說：「今農收未畢，請俟仲冬。」眼下農民正在收割莊稼，如果皇帝此時回京，肯定會擾民誤農，不如推遲返程的時間。只可惜一旁的李林甫為了討好唐玄宗，不顧百姓利益，勸說玄宗不必再等。唐玄宗聽了他的話，即日便啟程回長安。

張九齡體恤民情，不僅在於關心民生疾苦，還在於個人的廉潔奉公。張九齡擔任宰相後不久，唐玄宗賞賜他一幢豪宅。第二年裝修完，張九齡看到這座官邸太過豪華，不願接受如此厚愛，就向唐玄宗呈上一篇〈讓賜宅狀〉，請求退回皇帝的獎賞。

這篇〈讓賜宅狀〉大意是說：我張九齡出生在貧窮的家庭，過慣了簡樸的生活。我家中只有十幾人，不需要這麼大的房子，縱有住宅百間，睡眠才需幾尺？縱有腰纏萬貫，每日能食多少？朝廷為臣修築這麼一幢高級住宅，實在是勞民傷財，臣住著也不踏實，懇請陛下收回，賜給更需要的人吧。

生活上的高度自律，表現在工作上是高尚的政治操守。開元二十四年（七三六），武惠妃謀廢太子李瑛，而改立自己的兒子為皇儲。武惠妃是當時最受唐玄宗寵愛的妃子，她去世後，唐玄宗為她黯然神傷，悲痛許久，直到見到楊玉環才又煥發第二春。

武惠妃為廢立太子之事派心腹宦官找到了張九齡，對他說：「有廢就有興，大人若是肯幫忙，你的宰相之位就可以長久。」張九齡一聽，當面怒斥，為太子據理力爭。在他看來，宮闈絕對不可干預朝廷之事。可張九齡這一罵，既得罪了武惠妃，也引起唐玄宗的不滿。

相比之下，同為宰相的李林甫在這件事上就是個十足的投機者。他知道武惠妃得寵，當唐玄宗問他關於太子之事時，就回答道，這是皇帝的家事，沒必要問外人。

眾所周知，這一事件的結果是太子李瑛被武惠妃誣陷謀反，最終和另外兩個兄弟被唐玄宗廢為庶人，並在同一天被賜死。

唐玄宗變了。一代英主已經不再願意聽逆耳的忠言，而是更願意聽順耳的佞語。對於賢能的張九齡，他是又愛又恨，他喜愛的是張九齡治國有方的才幹，卻逐漸反感張九齡不留情面的直諫。相反，同樣才能出眾而又靈活聽話的李林甫更能得到唐玄宗的青睞。創業難，守業更難，誰不想舒服地過日子呢？

唐玄宗的轉變，也是張九齡命運的轉折。

參

張九齡不願迎合皇帝，惹來唐玄宗的猜忌，可在當時文壇，他卻是當之無愧的領袖。傅璇琮先生認爲，「張九齡在盛唐詩壇的地位，不僅是他自己的創作本身，還由於他的文學交往」。（《唐代詩人叢考》）

張九齡的老大哥是張說，兩人都姓張，老張就把小張認作「同宗同族」的族子。張九齡二十六歲時，他的詩文就得到這位文章大家的賞識，之後在官場上更是離不開張說的舉薦。張說去世後，張九齡自然而然地繼承了文壇老大哥的地位。

作爲詩人，張九齡出生於初唐，晚年躋身開元名相，這使他成爲初唐四傑、陳子昂之後，到盛唐詩人之間這段詩歌革新運動過渡時期重要的見證者和推動者。要知道，初唐最具影響力的大詩人陳子昂逝世於七〇二年，而在此前一年，盛唐詩人王維與李白才剛剛出生。張九齡繼承發展五言古詩，一掃六朝綺靡詩風，獨具「雅正沖淡」神韻。因此，清人劉熙載在《藝概・詩概》一文中評價道，陳子昂、張九齡「獨能超出一格，爲李（白）、杜（甫）開先」。

盛唐詩人對張九齡的景仰，是後生晚輩對文壇前輩的尊敬，也是出於政治上尋求靠山、請求援引的需要。古人追求「學而優則仕」，不想當高官的詩人，著實少見。

王維就是張九齡的粉絲，他年輕時向張九齡獻詩，請求爲其帳下幕僚，後來被張九齡舉薦爲右拾遺，兩人之間多有唱和。張九齡晚年處境窘迫時還沒有忘記這個學生，寫有一首〈答王維〉：「荊門憐野雁，湘水斷飛鴻。知己如相憶，南湖一片風。」

另外一位與張九齡感情深厚的是盛唐詩人中較爲年長的孟浩然。孟浩然比張九齡小十二歲，一生仕途失意，曾爲張九齡的幕僚，兩人結爲忘年之交，也留下了多首唱和之作。其中孟浩然那首入選中學語文教材的〈望洞庭湖贈張丞相〉，就是寫給時任宰相張九齡的干謁詩：

八月湖水平，涵虛混太清。
氣蒸雲夢澤，波撼岳陽城。
欲濟無舟楫，端居恥聖明。
坐觀垂釣者，徒有羨魚情。

甚至就連安史之亂後曆仕四朝，爲大唐力挽狂瀾的名相李泌，年少時也是張九齡的「小友」。

李泌是個神童，七歲就會寫文章，機緣巧合下受皇帝召見，得到唐玄宗的喜愛，更有張九齡、賀知章等朝中重臣「傾心愛重」。如此童年經歷堪稱傳奇，唐玄宗還特意下旨命他的父母要善加撫養。

張九齡平時經常請小李泌到自己家中做客。當時，大臣嚴挺之、蕭誠都是張九齡的好友，嚴挺之厭惡蕭誠的諂媚，勸張九齡謝絕與蕭誠來往。張九齡儘管一身正氣，可在人際交往中也難免從俗，聽嚴挺之的建議後也不以爲然，念叨著說：「老嚴太嚴肅了，還是老蕭討人喜歡。」

張九齡正要命左右喚蕭誠來見，這時一旁的李泌說話了：「您是布衣出身，因正直無私而官至宰相，也喜歡蕭誠這種低聲下氣、毫無節操的人嗎？」張九齡聽李泌這麼一說，頓覺醍醐灌頂，再三感謝李泌的勸說。

後來，張九齡親自指導李泌寫詩，結合自己的宦海生涯告誡他：「早得美名，必有所折。宜自韜晦，斯盡善矣。」

小心駛得萬年船，但明槍易躲，暗箭難防，一場危機正向張九齡逼近。

肆

開元二十四年（七三六），唐玄宗罷張九齡相位，任李林甫爲相。這被視爲唐玄宗轉變爲昏君的標誌之一。

兼聽則明，偏聽則暗。開元前期，唐玄宗身邊集結了姚崇、宋璟、張九齡等賢相，這些人都才能出眾，直言諫諍。可到了專任李林甫爲相時，唐玄宗已步入晚年，日漸獨斷專行、縱情享樂。李林甫閉塞言路，排除異己，上演「口有蜜，腹有劍」的好戲，實際上也需要唐玄宗的默許和配合。

李林甫爲相後，首先借機徹底扳倒張九齡，將開元宰相的最後一股浩然正氣驅逐出朝廷。

當時，與李林甫一同被任命爲宰相的還有牛仙客。監察御史周子諒認爲，牛仙客才能平庸，根本不適合做宰相，甚至還以民間「兩角犢子牛也」的讖語指出這是凶兆。這番話傳到了唐玄宗耳中，他大爲惱火：宰相是朕任命的，哪裡輪到你插嘴。

憤怒的唐玄宗命人在朝堂之上杖責周子諒，將他打得死去活來後，貶到偏遠的地方爲官。周子諒一介文弱書生，經不起折騰，走到半路上傷重而死。周子諒含冤而死，對朝中眾臣形成極大的威懾，他們再不敢對唐玄宗說眞話，「自是朝廷之士，皆容身保位，無復直言」。

這事兒還沒完。周子諒獲罪，李林甫看在眼裡，喜在心上。他摸透了唐玄宗的心思，知道皇帝正在氣頭上，就從中挑撥，說周子諒是張九齡舉薦的，必須追究張九齡的責任。

因此，張九齡被貶荊州。他一生三起三落，這是最後一次被貶，從此一蹶不振。貶謫途中，張九齡不僅留下代表作〈望月懷遠〉，還寫下了組詩〈感遇十二首〉，感慨自己潦草收場的朝官生涯，其中第一首詩曰：

蘭葉春葳蕤，桂華秋皎潔。
欣欣此生意，自爾為佳節。
誰知林棲者，聞風坐相悅。
草木有本心，何求美人折？

伍

作爲開元的最後一位賢相，張九齡在不經意間預言了一場災難。

安祿山出身營州雜胡，早年投靠幽州節度使張守珪，官職低微，爲人狡詐。一次，安祿山以范陽偏校的身分入朝奏事。張九齡見到這個幽州來的胖子，似乎察覺到了些許異樣，對同僚說了一句驚人的預言：「亂幽州者，必此胡也。」

開元二十二年（七三四），張九齡偶然間收到了張守珪的報告，其中說到安祿山在與奚族、契丹的作戰中犯了錯，依軍法處置應該執送京師處死。張九齡當即做出批示：「春秋時期司馬穰苴出征，處死誤期的莊賈；孫武練兵，斬殺違令的妃嬪。張守珪的軍令一定要執行，安祿山必須死！」

唐玄宗得知此事，覺得安祿山驍勇善戰，是一個人才，就將他赦免了。張九齡再三上奏，認爲安祿山狼子野心，面有逆相，請求玄宗依法處置，以絕後患。唐玄宗不樂意，說：「你不要因爲王夷甫識石勒的典故，就誤害了忠良。」王夷甫是西晉官員王衍。十六國時的羯族豪強石勒十四歲時曾在洛陽當小販，倚在東門長嘯一聲。王衍聽到後，認為此人將來必是禍患，要將他殺掉，卻未能得手。

那時的唐玄宗，絕對想不到安祿山會給大唐帶來怎樣的禍害，為自己帶來怎樣的恐懼。

安史之亂爆發後，唐玄宗逃亡到四川，蜀道的鈴聲喚醒他沉睡的記憶，讓他想起張九齡當年的忠告。那時，距離張九齡去世已經過去十五年了。

後悔不已的唐玄宗從四川派使者前去張九齡的墓前祭奠，並撫慰他的家屬。他深深懷念自己的最後一位賢相，但開元盛世，再也回不去了。

「七絕聖手」王昌齡，死於一場謀殺

「青山一道同雲雨，明月何曾是兩鄉。」這兩句詩出自王昌齡被貶龍標（今湖南黔陽）時期寫的一首送別詩〈送柴侍御〉。當時，詩人的朋友柴侍御正要從龍標乘船前往武岡（今湖南武岡）。你與我之間，青山一路相連，共沐雲淡風輕，我們在同一月下，又何曾分處兩地？

兩地山川阻隔，王昌齡捨不得好友老柴，以詩相送。有別於高適「莫愁前路無知己，天下誰人不識君」的豪爽灑脫，抑或王維「勸君更盡一杯酒，西出陽關無故人」的淡淡愁緒，王昌齡的詩雖同樣深情，卻不訴離傷。

然而，王昌齡此次貶謫經歷的終點，竟是一樁沒有事先張揚的謀殺案。

安史之亂中，年逾花甲的王昌齡為避戰亂，辭官離開貶所北上還鄉，路過亳州時為刺史閭丘曉所殺。詩人豪情壯志的一生，以一場悲劇匆匆落幕。

壹

王昌齡最廣為人知的是他描寫邊關戰爭的邊塞詩，而這些詩歌的書寫肇始於其年輕時一段不羈放縱愛自由的邊塞之旅。

與大部分寒窗苦讀的學子一樣，王昌齡家境平平，用他的話說是「久於貧賤，是以多知危苦之事」，也就是俗話說的，窮人的孩子早當家。從王昌齡存世的詩作中，可知他少年耕讀於山水之間，閉戶著書於南窗之下，曾經漫遊於中原一帶，還向嵩山道士學過煉丹。在科舉興盛的年代，知識分子大都心懷入仕的理想，這個志向高遠的年輕人卻不走尋常路，決意棄筆從戎，到西北邊塞建設祖國。

王昌齡匹馬戍邊河隴，行走於刀鋒邊緣，本來是想投身軍幕。這是當時不少文人的仕進之路，比如與他同時代的高適，就曾在名將哥舒翰的幕府任掌書記。但是王昌齡沒趕上建功立業的機遇，在他前往邊塞的數年內，邊境戰事逐漸平息，沒打過幾場大仗，突厥向唐朝認㞞，遣使求和；吐谷渾內附，其酋率眾降唐；吐蕃與唐軍交戰沒有占到便宜，也暫且罷兵。這是國家的幸事，王昌齡只能算不太走運。

開元十三年（七二五）秋冬時節，王昌齡東歸，投宿於扶風（今陝西寶雞）一家客舍。旅店主人正好是一個退伍老兵，自稱「十五役邊地，三四討樓蘭。連年不解甲，積日無所餐」，他跟王昌齡說，如今三邊皆無事，年輕人還是要從事於翰墨，靠科舉求取功名。

王昌齡聽老兵的話，收收心好好讀書，他不但能到邊疆扛槍，還是個學霸，兩年後就一舉高中，進士登第，步入仕途。

貳

王昌齡的西北之行並非一無所獲，正是這段旅程，讓他留下了不少大氣磅礡的千古名篇。有學者考證，王昌齡出塞後，從甘肅靖遠東行沿黃河南岸過白草原，經干鹽池到李旺堡，然後向南折返沿清水河經蕭關到今寧夏固原，之後順官道而行返回長安。在這段別開生面的旅程中，他是大唐盛世中獨一無二的歌者。

王昌齡被譽為「七絕聖手」，他的七言絕句有極高的藝術成就，寥寥數語就將臨洮、玉門關、青海湖、樓蘭、碎葉等壯麗山河囊括於詩裡，將後世讀者帶入對盛唐邊關雄壯氣勢的暢想中。我們在王昌齡情景交融的詩中，可以讀到唐玄宗時期古戰場的荒涼肅殺、邊關戰爭的滿目蕭然與戍邊將士的艱苦卓絕。

他有一首詩被明人李攀龍稱為唐代「七絕壓卷之作」，堪稱大唐流行金曲、粉絲打榜 NO.1，正是這首大家都能全詩背誦的〈出塞〉：

秦時明月漢時關，萬里長征人未還。
但使龍城飛將在，不教胡馬度陰山。

秦漢時的明月依舊照耀著大唐的邊疆關塞，多少王朝興衰，戰爭仍不休，士卒們只能前仆後繼地奔向沙場。在描繪瑰麗壯美的邊塞風光和邊關將士的英雄氣概時，王昌齡同樣訴之以雄渾筆墨，如〈從軍行七首〉（其四）：

青海長雲暗雪山，孤城遙望玉門關。
黃沙百戰穿金甲，不破樓蘭終不還。

有個導演說過，所有的戰爭電影都是反戰電影。優秀的邊塞詩實際上也飽含濃烈的反戰思想，以及對戍邊士卒的深切同情，王昌齡爲邊塞風光所陶醉，也爲邊疆將士的英勇所感動，可其邊塞詩並非讚美戰爭，而是嚮往和平，他反對一切不義之戰，譴責朝廷頻繁用兵的邊境政策。這種反戰思想，在〈從軍行七首〉（其一）中表現得淋漓盡致：

烽火城西百尺樓，黃昏獨上海風秋。
更吹羌笛關山月，無那金閨萬里愁。

王昌齡還擅長寫閨怨詩，借閨婦的口吻進行細膩的心理刻畫，道出她們內心對殘酷戰爭的悲怨，如〈閨怨〉一詩：

閨中少婦不知愁，春日凝妝上翠樓。
忽見陌頭楊柳色，悔教夫婿覓封侯。

唐朝開、天年間脆弱的盛世泡沫中，邊塞戰火頻仍，百姓不堪其苦，其中隱藏著邊將野心膨脹的重重危機，而唐玄宗逐漸依戀於宮中的紙醉金迷，毫無警惕之心。

王昌齡寓論於詩，這些富有邊塞情調的篇章，是對唐朝軍事現實狀況的反映，似乎也早已預示著天寶十四載那場終結太平盛世的大動亂。日後掀起安史之亂的安祿山，正是利用唐朝的邊策在十幾年間平步青雲。

參

在政治上，王昌齡屬於張九齡一派，寫有奉贈這位賢相的詩篇，與他同樣有著清雅的名聲，善於直抒己見。但在朝堂之上，正直的品格往往會招來惡意的誹謗。這也導致這個汲汲於功名的書生，在科場得意後仍然未能一展抱負，而是一貶再貶，如他所說的，「得罪由己招，本性易然諾」。

別人在朝為官，要學著見風使舵，明哲保身，可王昌齡還是像早年寫邊塞詩一樣，將對政治的見解毫無保留地寫在詩中。在王昌齡所寫的五言古詩〈宿灞上寄侍御璵弟〉中，他幾乎直言不諱地批判朝政日非、國勢日衰的眞相，「諸將多失律，廟堂始追悔」、「雖有屠城功，亦有降虜輩」、「明主憂既遠，邊事亦可大」、「公論日夕阻，朝廷蹉跎會」。

別人寫詩，就算再憤青也是借古諷今，王昌齡卻是直接罵宰相李林甫弄權，指責唐玄宗怠政，警告邊事復起。可這些大實話沒有挽回大唐帝國的隕落，只給自己帶來了無情的貶謫。

貶謫不能封住王昌齡之口，我們進一步咀嚼他的詩篇，可以感受到他的悲憤與感慨。一如他處江湖之遠時，寫給好友辛漸的詩中所言：「一片冰心在玉壺。」我的心，正如盛裝在潔白玉壺之中的冰一般清廉正直。

肆

王昌齡初貶嶺南，二貶龍標，長年的貶謫澆滅了他胸懷天下的熱情，卻給予了他似水綿長的友情。

有一個「旗亭畫壁」的典故，說是一日天降微雪，王昌齡與齊名的兩位詩人高適、王之渙，兜裡沒多少錢，就到一家酒樓賒帳小飲，忽然間，十幾個美貌歌女登樓獻唱。

梨園伶人唱的都是當時名曲，盛唐詩人的作品最受樂工青睞，常被譜爲樂曲，用現在話說就是流行歌。三位詩人都挺低調，主動避席坐在角落，擁著爐火觀賞表演。

王昌齡等三人打賭說：我們三人都有些詩名，可是一直未能分出個高低，今日趁此機會，我們暗地裡看歌女演唱，唱到誰的歌詞最多，誰就算最優秀，如何？

話音剛落，一名歌女打著節拍，唱了一首王昌齡的〈芙蓉樓送辛漸〉：

寒雨連江夜入吳，平明送客楚山孤。
洛陽親友如相問，一片冰心在玉壺。

王昌齡伸出手指，在牆壁上畫了一道，說：「一絕句。」

緊接著聽到另一個歌女唱道：「開篋淚沾臆，見君前日書。夜台今寂寞，獨是子云居……」這是高適的詩，他也小酌一杯，引手畫壁。

餘音嫋嫋，繞梁不絕，第三個歌女又唱了一首絕句：「奉帚平明金殿開，且將團扇暫裴回。玉顏不及寒鴉色，猶帶昭陽日影來。」正是王昌齡的〈長信秋詞〉。王昌齡再次畫於壁上，頗為得意地說：「二絕句。」

隨後歌女又唱完了兩首詩歌，分別為高適和王之渙的作品，三人大笑。直到這時，店中眾人才發現三位作者在場，急忙以禮相待，請三人上座。寒冬之中，氣氛更加熱鬧，旗亭酒肆歡笑一堂，三人飲醉竟日。

王昌齡在長安時，曾與孟浩然交遊，多年後在貶謫途中路過襄陽，幸運地與老孟重逢。他鄉遇故知，哥倆當然要痛飲一番。當時孟浩然身體抱恙，背上長了毒瘡，疽病尚未痊癒，本來飲食忌口，可再次遇到王昌齡，老孟心裡一高興，多吃了點兒海鮮，結果舊疾復發，不幸逝世。

王昌齡心裡苦啊，好不容易跟老朋友孟浩然吃頓飯，還眼瞅著他因饞嘴送了命。之後到巴陵（今湖南岳陽），王昌齡總算再逢喜事，遇上了另一個朋友李白，二人同樣是盛唐大詩人，且都因遭謗議而仕途不順。英雄惜英雄，王昌齡揮筆寫下一首〈巴陵送李十二〉：

搖曳巴陵洲渚分，清江傳語便風聞。
山長不見秋城色，日暮蒹葭空水雲。

分別之後，李白深深想念王昌齡，當聽聞他被貶到西南邊陲為龍標縣尉時，遙寄一詩表示安慰，即這首著名的〈聞王昌齡左遷龍標遙有此寄〉：

楊花落盡子規啼，聞道龍標過五溪。
我寄愁心與明月，隨風直到夜郎西。

誰也不知道，王昌齡這次貶謫，會迎來怎樣的命運。

王昌齡早已在詩中告誡當權者邊事危矣，可安史之亂這場風暴，最終還是攪動了天下，也將他推向了死亡。

伍

關於閭丘曉殺害王昌齡的原因，早已成爲千古之謎。史籍只留下隻言片語，如「（王昌齡）以刀火之際，歸鄉里，爲刺史閭丘曉所忌而殺」，卻不曾說閭丘曉是忌恨王昌齡耿介的性格，還是嫉妒他出眾的才華。

正義沒有遲到，閭丘曉不久就因自己的罪惡得到了報應。

至德二載（七五七），王昌齡遇害之時，一場空前慘烈的大戰正在睢陽展開，守城的官員張巡、許遠兵微將寡，面對叛軍攻城苦守數月。睢陽是江、淮之間的屏障，一旦失守，戰火將蔓延到江南。張巡等人深知其中利害，在彈盡糧絕的困境下死守這座城，甚至到了以人爲食的境地。

河南節度使張鎬火線上任，主持河南一帶軍務，得知睢陽危在旦夕，下令閭丘曉帶兵救援。閭丘曉爲人貪婪自私，接到張鎬的信後擔心兵敗被追究責任，不顧國難當頭，居然帶兵原地逗留。等到張鎬率援軍到達前線時，睢陽已淪陷三日，張巡與部將三十六人英勇就義。全城軍民以慘痛的代價阻止安史叛軍南下，城破時全城只剩下四百人。

張鎬早已聽說王昌齡被害，此時新帳舊帳一起算，更是怒不可遏，於是將誤期的閭丘曉召來。閭丘曉這時終於怕了，用上有高堂、下有妻小的經典理由請求張鎬放他一條生路（「有親，乞貸餘命」）。

張鎬正色道：「王昌齡的妻兒老小，誰來照顧？」

閭丘曉無言以對，隨後被張鎬下令杖殺。

王昌齡死於非命的慘案，至此總算得到一個讓人些許安慰的結局。

王維

一個「佛系詩人」的平凡與偉大

天寶三載（七四四），正月，唐玄宗親自宣導了一次盛大的餞別活動，規格之高，儀式之隆重，參加人數之多，均屬空前。

餞別的主角是寫出「二月春風似剪刀」的賀知章。當時他已經八十六歲高齡，因病恍惚，上疏請求告老還鄉。玄宗皇帝同意了。

身在帝都的高官基本都參加了餞別活動，可謂大咖雲集。

唐朝的規矩，你懂的。但凡送別，一定要作詩，或者折柳枝。於是，有三十七人當場寫了送別詩，流傳下來。連唐玄宗都寫了。這跟我們現在搞歡送宴會，都要合影發朋友圈一個樣，區別可能是格調有高低吧。

參加的人裡面，有一個人很特別。他是一年多前，唐玄宗特意下詔徵召進京的，當時是皇帝身邊的紅人。他與賀知章喝過酒，是「酒中八仙」天團成員。

他叫李白。

而我今天要寫的主角是王維。按照通行的說法，他與李白同歲，都出生於七〇一年。時年四十三歲的王維，並沒有參加這場著名的餞別活動。

壹

王維爲什麼缺席這次活動？

這是一個開放式的話題，沒有標準答案，因爲王維從未說過他爲什麼缺席。我們只能去找一種相對合理的解釋。很多人認爲，王維缺席，是因爲他躲起來了。一個山水田園詩人，跟這種熱鬧的氛圍不搭。

這個解釋看似最符合我們對王維的認識，其實是錯的。

王維沒有躲起來，他當時任的是一個叫侍御史的從六品上官職。官階太低，沒資格參加。

而李白獲邀參加的兩個要素，王維一個都不具備——他既不是唐玄宗的紅人，跟賀知章也不曾過從。

有些人，有些事，錯過就錯過了。

賀知章返鄉後，沒多久就過世了，王維再無緣與這名曠達、好酒的老詩人相識。

更大的遺憾是，盛唐詩壇的兩個大咖，李白與王維，彼此錯過，終其一生，未曾晤面，互不相識。

他們都曾在相同的時間待在相同的城市，都有一些共同的朋友，他們肯定都知道對方的名字，但是，他們的生命與詩均沒有交集。

貳

有些學者說，李、王二人不相識，是李白看不起王維，不屑認識這個人。這個理由，確實道出了兩人的性格差異，一個狂放不羈，藐視一切，一個謹小慎微，服從流俗。個性張揚的人，往往會把內斂平和的人看得一無是處。

但從現存的詩作來看，兩人應該在暗暗較勁。

比如，都寫思念，一個寫「床前明月光，疑是地上霜。舉頭望明月，低頭思故鄉」，一個寫「紅豆生南國，春來發幾枝。願君多採擷，此物最相思」。

都寫送別，一個寫「故人西辭黃鶴樓，煙花三月下揚州。孤帆遠影碧空盡，唯見長江天際流」，一個寫「渭城朝雨浥輕塵，客舍青青柳色新。勸君更盡一杯酒，西出陽關無故人」。

都是唐詩細分類別的扛鼎之作，幾乎難分伯仲。

現在，李白的詩名比王維盛，但他們的同時代人殷璠則認爲，王維與王昌齡、儲光羲才是開元、天寶詩壇的代表人物。

即便到了後世，說唐詩，李、杜以下，一定要說到王維，而且很多人私底下更喜歡文人味十足的王維。不僅因爲他的詩，最關鍵是他的爲人更符合大眾審美——他的個性與經歷不難模仿，但李、杜的就很難。

比起李、杜單純以詩人身分揚名，王維的才藝也更爲全面，在古代文人所能精通的領域，他都玩得很溜，要出了新高度。他的書畫、音樂與禪理，幾乎跟他的詩一樣出名。這樣的全能型選手，恐怕只有後來的蘇軾能跟他拼一下了。

參

王維是個才氣逼人的人，十七歲就寫出了〈九月九日憶山東兄弟〉這樣的教科書級別的名詩。但他的性格遠遠不如他的才氣。

一般來說，才氣爆棚的人都有睥睨一切的自信和自負，比如李白。王維不一樣，用現在的話說，他是一個很「喪」的才子。一生軟弱無力，謹小慎微，與世無爭，卻又不甘放棄，不敢對抗。

他被稱爲「詩佛」，倒很貼切。這就是個佛系詩人嘛，都行，可以，沒關係。

這種性格的養成，與他的家庭環境不無關係。他是家中長子，童年的時候，父親就過世了，遺下幾個弟妹，很早就需要他擔起家族重擔。

十五歲那年，他帶著小一歲的弟弟王縉到帝都闖蕩，憑藉一身才華，很快成爲京城王公貴族的寵兒。岐王李范，李隆基的弟弟，一個熱心的文藝贊助人，很欣賞王維。

唐代科舉制，試卷上不糊名，主考官不僅評閱試卷，主要還參考考生平日的詩文和聲譽來決定棄取。所以，準備應試的士人提前結交、干謁名人顯貴，向他們投獻作品，爭取他們的推薦和獎譽，是當時一種相當普遍的社會風氣。

王維不能免俗。據說正是岐王的推薦，王維二十一歲就中了進士。

這時的王維意氣風發，頗有功名事業心，不過很快就被現實痛擊成了佛系青年。

肆

王維剛做官沒幾個月，人生遭遇了一次暴擊，在太樂丞任上被貶出京城。

事情源於一次有僭越嫌疑的舞黃獅子活動。

史載，王維在別人的唆使下，讓屬下的伶人舞黃獅子。黃獅子當時是一種「御舞」，非天子不舞。

結果，王維和他的上級、太樂令劉貺都遭到貶逐。劉貺的父親劉知幾替兒子求情，也遭到了貶謫。

王維被貶爲濟州司倉參軍。更爲致命的是，這次事件使得王維被唐玄宗列入了黑名單。整個玄宗朝，王維的官運都很黑，這幾乎摧毀了他在官場上的所有信心。

唐玄宗爲何下手這麼重？

根據陳鐵民等學者的分析，這跟唐玄宗與諸王的權力鬥爭有關，王維可能在自己不知情的情況下做了政治犧牲品。

唐玄宗爲了鞏固皇權與皇位，擔心他的兄弟們形成有威脅的勢力，頒令「禁約諸王」，不使與群臣交結。王維出仕之前就是岐王、薛王等諸王的座上賓，又犯了黃獅子案，剛好戳到唐玄宗的隱痛，於是此後都得不到這個皇帝的好感。

承受著與理想漸行漸遠的苦楚，王維離開了長安。

他不知道的是，這只是他波折人生的序幕。

伍

在此後的二十多年間，王維基本是帝國政壇的一個零餘人。他長期在詩中自稱「微官」，真不是自謙，而是事實。

儘管在張九齡當宰相期間，他膜拜張的人品，跟張寫詩「跑官」，得了個右拾遺的官職，很是振奮了一段時間。但隨著李林甫的上台，張九齡的被貶，把他的這點光芒也撲滅了。

他是一個心中有是非，但不敢公開對抗的人。開元二十五年（七三七），張九齡被擠出朝廷，王維還給張寫詩，傾訴知遇之恩。

與此同時，李林甫把持朝政的十幾年間，王維仍做著他那可有可無的「微官」。

他並非沒有擢升的機會，李林甫的親信苑咸曾言及王維久未升遷，言外之意，王維如果有意向，他可以幫忙操作。

不過，王維以一種相當委婉的方式拒絕了。他在回贈苑咸的詩裡說：「仙郎有意憐同舍，丞相無私斷掃門。」表面是稱頌李林甫大公無私，禁絕走後門，實質是表明他與李不是一路人，不屑去蹚渾水。

這件事，可以看出王維的底線。

然而，他既然不屑李林甫的所作所爲，爲什麼不乾脆辭官呢？

陸

是啊，王維不是一直嚮往田園生活嗎？爲什麼不學陶淵明辭官歸隱呢？

開元十五年（七二七），王維在結束了濟州的五年貶謫生活之後，到了淇上當小官。此時，才二十六歲的他已萌生了歸隱心志。

經過一番衡量，他認定陶淵明的活法並不可行。

說到底，父親早逝，長子代父，他不忍推諉全家生計的重負。他在詩中說，「小妹日長成，兄弟未有娶。家貧祿既薄，儲蓄非有素」，所以「幾回欲奮飛，踟躕復相顧」，不敢拋開這個包袱，自己一個人逍遙去隱居。

他還批評陶淵明，認為陶不為五斗米折腰，是成全了自己的勇氣與尊嚴，卻把眷屬帶入了生活極度清苦的境地，實際上是一種純粹為己、不負責任的自私行為。

因此，即便深深感受到吃朝廷這碗飯吃得很辛苦，很痛苦，王維也不敢效仿陶淵明的活法，拂袖而去。

他很現實地明白，隱居是要花錢的，為了隱居得起，他不得不為官。

中年之後，他已無意仕途，純粹為了俸祿和家族責任而在官場待著。身在朝廷，心在田園，過起了時人稱為「吏隱」，即半官半隱、亦官亦隱的生活。

對他來說，這是一種退而求其次的選擇。

生活不僅有田園與詩，還有眼前的苟且。

柒

緊接著，命運跟王維開了個大大的玩笑。在他人生最苟且的時候，突然迎來了最戲劇性的轉折。

安史之亂期間，王維未能逃離長安城，被亂軍俘虜到了洛陽。一番威逼之下，他出任了安祿山授予的偽職。

唐軍收復兩京後，新帝唐肅宗對投降安祿山並接受其偽職的官員，進行逐一處理。王維作為典型的「陷賊官」，本應處死，卻出乎意料地被唐肅宗免了罪罰，而且還升了官。

《舊唐書》對此的解釋是，王維在出任僞職期間寫了一首詩，表明他對李唐的忠心，唐肅宗讀到後對其產生原諒心理；此外，他的弟弟王縉請求削去自己刑部侍郎的職務，爲哥哥贖罪，所以王維最終得到了寬宥處理。

這時，一直很敬重王維的杜甫，也站出來寫詩爲王維辯護，讚揚他忠於唐室，能守節操。關鍵時刻，是詩和弟弟救了他。

然後，他在仕途上竟然轉運了，做到了尚書右丞，正四品下階。這是他一生所任的最高官職了。越是官運亨通，他越是不能心安。他無數次進行自我反省，開展自我批評，批評自己一生的軟弱，痛恨自己出任僞職的經歷，說「沒於逆賊，不能殺身，負國偷生，以至今日」。許多話都說得極其沉痛。

這個時候，官位依然不是他熱衷的東西，歸隱之心更重了，佛教成了他最大的精神寄託。《舊唐書》說他「晚年長齋，不衣文采……退朝之後，焚香獨坐，以禪誦爲事」。

六十一歲那年，王維逝世。臨終之際，弟弟王縉不在身邊，他要了一支筆給弟弟寫了告別信，又與平生親故作告別書數幅，敦勵朋友們奉佛修心。寫完了，捨筆而絕。

到唐代宗時，王縉應代宗的要求，進呈了哥哥的詩文集。代宗做了批示，肯定王維是「天下文宗」，詩名冠代，名高希代。

王維的詩名，在他死後達到了巔峰。

唐代宗還說，他想起很小的時候，在諸王的府上聽過王維的樂章。

捌

講完王維的一生，我想起兩個人。

一個是我原來的鄰居陳叔，他是我老家區政府的公務員，到退休也就是政府辦的副主任。他沒有什麼愛好，一下班就躲在自家書房練他的草書。

另一個是我的大學同學李諒，他是一個二線城市工商局的公務員，上班寫材料，下班寫現代詩。在他生活的城市裡，他的詩友們無從想像他的職業，他在讀詩會上的慷慨激昂，讓很多人無法適應他手中的保溫杯。

王維若生活在當代，他可能就過著陳叔或李諒的日常生活。他身上的煙火氣太重了，儘管他有一顆不死的歸隱的心，但他表現出來的，永遠是那麼接地氣，小心翼翼扮演好他的社會角色。

他會用他做官的正當收入，購買和經營輞川山莊，給自己一處逃避現實、逃避俗世的臨時處所。在公餘閒暇或休假期間，他回到輞川，沉溺於山水田園之中，寫「月出驚山鳥，時鳴春澗中」，寫「山路元無雨，空翠濕人衣」。這才感覺舒服得不得了。

塵世被過濾掉之後，他把靈魂釋放出來。

除了無可匹敵的才華，王維這樣的人在歷史上並不討好。他沒有李白的敢愛敢恨，也沒有杜甫的憂國憂民，他有自己的小世界，卻不敢全身心投入。

他受到的羈絆，他做出的選擇，提供了一種溫潤平和的生活模式。大部分人無法決絕地脫離社會，隱遁起來，也無法在社會中不計底線，混成人精，因此王維的存在，豐富了中國人人生道路的選擇。

找到屬於自己的一片心靈園地，只問耕耘，不問收穫，人生會感覺不一樣的。

孟浩然

盛唐第一朋友圈

大唐詩人孟浩然（六八九—七四〇）是一個怪咖，一個一輩子的布衣，一個矛盾的隱居者，一個倒楣的求職者，一個像李白一樣的狂人，一個不要命的性情中人。他死的時候，半個盛唐心都碎了。

他的詩寫得好，好極了。聞一多評價說，唐詩到了孟浩然手裡，產生了思想和文字的雙重淨化作用；還說他的詩之乾淨，同時代的詩人無一能敵，只有在他以前的陶淵明到達過同樣的境界。

但他的命眞歹，歹極了。他生逢盛世，自己也有走仕途求功名的願望，然而，經過無數次的努力，終生與官場無緣。如此事與願違的際遇，在詩人滿街走的大唐，也絕對找不出第二個。

人們只知道他的詩清淡寡欲，是眞隱者之風，根本不知道這背後是一段現實的命運悲劇。做隱者，不是他人生的出發點，卻成了他人生的歸宿。這樣的人生，在唐朝著名詩人中，無疑是最失敗透頂的。

我很早就對孟浩然感興趣，研讀了他的很多詩和相關史料，但一直想不明白一個問題：一個功名心如此強烈，卻又終生碰壁的人，爲什麼能夠寫出那麼多清、淡、雅的詩歌？連生前未曾謀面的杜甫，都誇他「清詩句句盡堪傳」，著重點也在孟浩然詩的清朗。

按照我們的生活經驗，一個失敗的人，可以寫出好東西，但基調可能是焦慮的，也可能是憤怒的，絕不可能是孟浩然這種讀起來相當性冷淡的文字呀。

反過來想，這個人的內心得有多強大，才能讓苟且的現實，絲毫不侵入他的詩與遠方？肯定有一種力量，重塑了孟浩然的內心。

壹

孟浩然是襄陽人，家境不錯，有祖上留下來的田產，從小衣食無憂。讀書學劍，有俠者之風。但二十來歲的時候，他隱居了。跟他的同鄉好友張子容，一起在鹿門山隱居多年。

在唐朝人眼裡，那種消極遁世、為隱居而隱居的純粹隱者，是不存在的。當時的社會風氣，流行以歸隱作為入仕的階梯，被稱為「終南捷徑」。隔一段時間，長安、洛陽兩京就會傳出激動人心的消息：帝國領導人訪諸山林，搜求隱逸，誰誰誰又受到征辟或禮遇了。這樣的消息隔三岔五放出來，相當於不定時給全國各地在山水之間養望待時的隱者們打強心針。大傢伙隱居得更起勁了。

張子容率先走出這個迷夢。景雲二年（七一一）秋，張子容決定入京考科舉。他認為科舉這條路，從成功概率上講，比隱居和買彩票都靠譜。

孟浩然很傷心啊。《唐才子傳》說他們同隱鹿門山，為生死交。如今要分別，內心受到的刺激可想而知。按照唐朝照例，再傷心痛苦，也要寫詩送別呀。我敢保證，你想破腦殼都不知道孟浩然會怎麼寫這首送別詩。他是這樣寫的：

送張子容進士赴舉

夕曛山照滅，送客出柴門。
惆悵野中別，殷勤岐路言。
茂林予偃息，喬木爾飛翻。
無使谷風誚，須令友道存。

前面四句還很正常，心中惆悵啊，臨別叮囑啊。後四句畫風突變，孟浩然沒有像常規的送別詩一樣，祝願好友考試順利，一舉及第。他在詩裡警告張子容：既然你要出山，我也不再攔你了，但請你必須謹記在心——將來不要因爲地位的變化，而破壞我們的友誼。我將繼續安臥茂林之間，他日你或如喬木出人頭地，飛黃騰達，但是，朋友啊，你千萬不要像《詩經．谷風》諷刺的那樣「天下俗薄，朋友道絕焉」，一定要記得好友一輩子。

孟浩然這麼寫，嚴重背離了唐朝送別詩的慣例。但他之所以這麼寫，一個是他倆的關係確實非同一般，另一個是孟浩然的眞性情使然。

孟浩然的崇拜者王士源，在孟浩然死後，替他編了文集。王士源這樣說孟浩然：「骨貌淑清，風神散朗。救患釋紛，以立義表，灌蔬藝竹，以全高尚。交遊之中，通脫傾蓋，機警無匿。」意思是說，孟浩然為人有俠義之氣，交友很真誠，即使初次相識也會以誠相待，不為俗世禮法所拘，而且從不藏匿自己的真實情感。

一個「真」字，是孟浩然對待朋友的基本原則。

進京第二年，張子容考中了進士，但做官不久，即被貶為晉陵尉，隨後再貶為樂城尉。一晃十餘年，孟浩然從未忘記這個好朋友。當他聽說張子容被貶到了樂城（即「樂成」，唐代永嘉郡轄縣，今浙江樂清市），實在放心不下，便決定從襄陽啟程去看望張子容。

那已經是分別十五年後的除夕夜，他們在樂城重逢。

久別未見，朋友失意官場，自己也寂寂隱居著，這種感覺，怎麼說呢！孟浩然寫了好幾首詩，紀念他們的這場重逢。

永嘉上浦館逢張八子容

逆旅相逢處，江村日暮時。
眾山遙對酒，孤嶼共題詩。
廨宇鄰蛟室，人煙接島夷。

鄉關萬餘里，失路一相悲。

除夜樂城逢張少府

雲海泛甌閩，風潮泊島濱。
何知歲除夜，得見故鄉親。
餘是乘槎客，君為失路人。
平生復能幾，一別十餘春。

重逢的喜悅，淡到看不見，詩中反倒充滿悲情的基調。雖然十多年未見，孟浩然對他們的友情並未疏離，彷彿兩人從未分別，該發牢騷就發牢騷，該抱怨就抱怨。

剛好是春節，兩個老朋友痛飲夜聊。或者是由於旅途勞頓，或者是病酒之故，孟浩然生病了，連日來長臥病榻。張子容也不便強留，待孟浩然痊癒之後，替他整理了行裝，準備了船隻，臨行贈詩說「因懷故園意，歸與孟家鄰」，孟浩然想家了，我這就把他送回去。

但我想，如果張子容在官場混得風生水起，孟浩然絕對不會千里迢迢專程去探望他。和你一同笑過的人，你可能把他忘掉；但是和你一同哭過的人，你卻永遠不忘。這就是孟浩然與張子容的友情。

史書對張子容此後的記載不詳，我們只知道他做官做得不爽，後來直接棄官不幹了。

貳

以四十歲爲界，孟浩然的人生被掰成了兩截。

圍繞著隱士的身分事實，四十歲之前，他養望待時，卻假隱成眞，很有隱士範兒。四十歲之後，他覺得走「終南捷徑」無望，終於改走科舉之路，可是連連遭遇挫敗，未得一官半職，始終是一介布衣。這時他卻心有不甘，眞隱成假。

你去讀孟浩然的詩，會發現四十歲之前跟之後，有一個很大的區別。他四十歲之前的詩，每一首都像在說，我就是陶淵明，我的生活就是陶淵明的生活。但四十歲之後，他的詩變了，每一首像是在說，我羨慕陶淵明，我嚮往陶淵明的生活。

是風動，還是幡動？都不是。

是心動。

開元十七年（七二九），孟浩然第一次到長安考進士，沒考上，做了一年北漂，看不到出路，遂在冬天來臨的時候南下，返回襄陽。走前，他給好朋友王維寫了一首詩：

留別王維

寂寂竟何待，朝朝空自歸。

欲尋芳草去，惜與故人違。
當路誰相假，知音世所稀。
只應守寂寞，還掩故園扉。

任何人都能讀出，詩中充滿了怨憤和牢騷，一會兒說當權者沒一個肯提攜他，一會兒說世上知音太難覓。這麼痛的傾訴，顯然沒有把王維當外人。

王士源後來說，孟浩然初到長安時，風光無兩。半個盛唐都爲他震動，儘管他沒有任何功名，只是一介布衣，但從張九齡到王維再到王昌齡，帝都頂級的詩人都爲他的到來而興奮。在一次群英薈萃的詩歌大會上，孟浩然當眾詠出兩句：「微雲淡河漢，疏雨滴梧桐。」舉座皆驚，由衷讚歎此兩句詩，意境清絕，無人能及，於是紛紛擱筆。

在山中隱居了數十年的孟浩然，甫一露臉，就征服了半個盛唐，鎮住了帝都精英。這個開場，堪稱驚豔。

但據史載，孟浩然第二次亮相，卻把前程葬送殆盡。

王維當時在朝廷做個小官，把孟浩然請到辦公室裡聊天。聊著聊著，傳報說唐玄宗下來視察工作。孟浩然有點慌，把自己藏起來了。王維卻想趁機向唐玄宗舉薦孟浩然，於是跟皇帝實話實說：有個叫孟浩然的布衣詩人，現在也在這屋子裡頭。

唐玄宗一聽很來勁，說自己早就聽說過此人。孟浩然趕緊出來相見。唐玄宗命他吟幾首寫過的詩來聽聽，孟浩然遂詠誦起自己的詩。

千不該萬不該，他把自己科舉落榜後的一首詩讀了出來：

歲暮歸南山

北闕休上書，南山歸敝廬。
不才明主棄，多病故人疏。
白髮催年老，青陽逼歲除。
永懷愁不寐，松月夜窗虛。

聽到「不才明主棄」這一句，唐玄宗怒了，孟浩然就這樣搞砸了，直接被唐玄宗拉黑。

離京前，孟浩然來跟王維告別，鬱悶是難免的，所以贈別詩裡滿是怨憤和牢騷：「寂寂竟何待，朝朝空自歸」，「當路誰相假，知音世所稀」。如果你是王維，你會怎麼回覆他，怎麼寬慰他？

我想，百分之九十九的人爲了擔得上朋友之名，肯定上來就是一番熱血激勵，說孟浩然加油、孟浩然加油，或者說「天下誰人不識君」之類的正能量。

確實，無論古今，朋友之間的勸慰鼓勵，從來都是從俗從眾的。哪怕兩個人親密無間，但在情感上已經越來越找不到眞實，越來越不敢表達眞實。因爲，類型化情境下的俗話、套話太多了，大家在什麼模式下，調用什麼話語資源，早已成爲一個運行程式，準確而冰冷。你成功，朋友會說恭喜啦；你失敗，朋友會說加油呀。從來都是這樣的。

有沒有一個朋友會反過來說？你成功，他對你說不好；你失敗，他反而對你道恭喜。有。這個朋友就是王維。

王維回贈了孟浩然一首詩，詩是這麼寫的：

送孟六歸襄陽

杜門不復出，久與世情疏。
以此為良策，勸君歸舊廬。
醉歌田舍酒，笑讀古人書。
好是一生事，無勞獻子虛。

全詩都在勸孟浩然回鄉隱居，沒必要辛辛苦苦跑到帝都獻賦求官。沒有一句話像世俗那樣，勸他繼續努力，安慰他勝利在前方什麼的。

王維和孟浩然，是山水田園詩的一對ＣＰ。他們之間的相互理解，會比其他類型詩人更深一層，這是肯定無疑的。

王維這麼說，一方面是他自己做官就做得很鬱悶，很苟且，大半輩子仕途很不順遂，全然是生活、家庭所迫才在官場上踉踉蹌蹌，所以他眞心不希望孟浩然也走這條路。另一方面是他深知孟浩然的爲人，知道他隱居這麼多年，一出山就以一片眞心示人，不懂人情世故，不懂逢場作戲，這在官場上鐵定吃不開，面見唐玄宗那一幕就是深刻的教訓。

此刻，兩個好朋友內心的矛盾與糾結，以及彼此交換品嘗的人生痛苦，盡在詩中。我在寫王維的文章裡說，王維一生都在做官，卻拼命想歸隱田園；而孟浩然一生歸隱田園，卻拼命想做官。

孟浩然雖然沒有全盤接受王維的勸誡，五、六年後他又重返長安，又空手而歸，但到生命的最後一、兩年，他終於讀懂了王維的一片苦心，心如止水，超凡脫俗。

在他們分別後十二年，王維經過襄陽的時候，老朋友孟浩然已經過世。他的傷心，化成了一首祭奠的詩。

哭孟浩然

故人不可見，漢水日東流。
借問襄陽老，江山空蔡州。

或許，對王維來說，孟浩然一走，世上再難找彼此懂得之人。他們曾經各自忙亂，卻互相牽掛，這就是最好的友情。歲月可鑒。

參

世人對孟浩然有一個最大的誤解：孟浩然詩風冷淡，個性肯定隨和，沒有棱角。實際上，王維看得很準，孟浩然個性狷介，坦蕩率眞，時露狂放。這樣的人，即便身處盛世，也不適合官場。

你絕對想不到，若要在盛唐找一個孟浩然的個性同類人，排位第一的肯定是李白。

他們都有建功立業之心，都曾借隱居養名氣，但也都不是汲汲於富貴利祿之人，哪怕是向人求官的干謁詩，寫起來也絕不掉價，一定有一根傲骨撐著，維持住獨立人格。

他們睥睨一切，甚至看不慣自己在仕與隱、身與名之間糾結。他們要是見了自己跟著袞袞諸公束帶出入朝廷，一定會罵自己這麼傻何苦來。

李白一生自視甚高，眼空四海，從不輕易許人。在他的朋友圈中，前輩如李邕，同輩如王昌齡、高適，晚輩如杜甫，雖交往甚密，但看不到他對這些人的詩才有所稱讚。即便是德高望重的老詩人賀知章，稱譽李白爲「謫仙人」，他也沒有回饋對方以相當的稱譽。但是，對孟浩然，李白卻瞬間變成追星的小迷弟。

杜甫給李白寫了那麼多詩，李白卻鮮有表示，爲什麼？因爲，李白把詩都寫給孟浩然了。

李白寫給孟浩然的詩，現在流傳下來的有五首。而孟浩然寫給李白的詩，一首沒有。情況就是這樣。

我們今天已無法知道孟浩然對李白的態度，但從孟浩然平生特重友情的個性來看，他們的相處肯定不賴。

史書記載，開元二十三年（七三五）早春，襄陽刺史韓朝宗約了孟浩然一同上京師，準備將他舉薦給朝中同僚。到了出發的時間，適逢孟浩然與一位友人飲酒，酒興正濃。有人提醒孟浩然說：你與韓公約定的時間到了，快出發吧，不然來不及了。孟浩然則回答道：「我現在酒興正酣，哪裡管得上他！」

史家因此認定，孟浩然太任性，爲了喝酒又誤了人生大事。但據學者王輝斌考證，與孟浩然一同喝酒的這個朋友，正是當時身在襄陽的李白。

一切就可以解釋了。這兩個狂士在一起，若不能盡興，一切俗事勿擾。孟浩然不是爲了喝酒誤事，是爲了李白才誤事。

一輩子布衣的孟浩然，卻擁有盛唐難得一見的朋友圈，這不能不歸功於他的人格魅力。

李白給孟浩然寫過一首膾炙人口的贈別詩：

黃鶴樓送孟浩然之廣陵

故人西辭黃鶴樓，煙花三月下揚州。
孤帆遠影碧空盡，唯見長江天際流。

朋友間的一片深情，全在詩中。隔了一千多年，讀來仍爲這段友情感動不已。

據說波蘭有句民諺：是所有人的朋友，對誰也不是朋友。李白這種孤高難相處的人，一旦認定你是朋友，就一定是眞朋友。而且，絕對不是那種豪豬式的友情：爲了禦寒，才擠在一起，爲了自保，就維持距離。孟浩然同樣如此，一個入朝做官的機會，雖然是他一生以求的東西，但比起故人重逢，就不算那麼重要了。

開元二十五年（七三七），一代名相張九齡被貶爲荊州長史，聘孟浩然爲幕僚。但沒到一年，孟浩然就辭職返家了。這是孟浩然人生中唯一一段工作經歷，沒有編制。

經過無數挫折，在生命的最後兩年，孟浩然再無進入官場的念頭。

開元二十八年（七四〇），李白與孟浩然最後一次見面。他看到的孟浩然，已經是一個徹徹底底的高士：

贈孟浩然

吾愛孟夫子，風流天下聞。
紅顏棄軒冕，白首臥松雲。
醉月頻中聖，迷花不事君。
高山安可仰，徒此揖清芬。

如王維當年所寄望的，孟浩然的心，安了。

可惜王、孟無緣再見面了。開元二十九年（七四一），王維路過襄陽，第一件事就想去看孟浩然，這時，他才聽到一個晴天霹靂的噩耗：孟浩然已經故去一年了。王維心都碎了，痛苦地寫下他的哀悼詩〈哭孟浩然〉。

王昌齡應該是最後一個見到孟浩然的大詩人。開元二十八年（七四〇），王昌齡被貶謫途中路過襄陽，與孟浩然重逢。當時，五十二歲的孟浩然背上長了毒瘡，疽病尚未痊癒，本來飲食忌口，可再次遇到王昌齡，心裡一高興，多吃了點海鮮，「食鮮疾動」，舊疾復發，不久就病逝了。

只能說，這種死法很孟浩然。他一生重情重義，曾爲了接待李白，放棄高官舉薦的機會，如今爲了接待王昌齡，一不小心放棄了整個生命。可是，盛唐詩壇的一面旗幟就此倒下，這是多少人扼腕痛惜的悲劇啊。

日本的日野原重明在《活好》一書中說，做到三點就能活出眞實的自己：第一，不在乎身外之物；第二，不被他人評價所左右；第三，順其自然，不要勉強。

孟浩然這一生，雖然坎坷，雖然沉淪，雖然悲劇，但眞的算「活好」了。在唐朝詩人中，他擁有最好的友情，最讓人羡慕的朋友圈。這個朋友圈不在於它能爲孟浩然帶來多少實際的便利門道（事實上他一生求取功名無門，以世俗意義上的失敗者告終），而在於它的「眞」已經超越了利益、物質、虛榮等低級層面，進而內化爲一種高級的情感需求與精神砥礪。反觀我們，朋友圈的好友越來越多，朋友卻越來越少。縱有好友三、五千，抵不上孟浩然的知己三、五人。

此刻，應該再背一首孟浩然的詩，表達敬意：

過故人莊

故人具雞黍，邀我至田家。
綠樹村邊合，青山郭外斜。
開軒面場圃，把酒話桑麻。
待到重陽日，還來就菊花。

西元七四四年
唐詩三大佬的命運分野

壹

天寶三載（七四四），詩仙李白與詩聖杜甫在東都洛陽初次相遇，留給後世無限遐想。聞一多將其比喻為日月相會，在中國數千年的歷史中，唯有孔子見老子可與之媲美：「譬如說，青天裡太陽和月亮走碰了頭，那麼，塵世上不知要焚起多少香案，不知有多少人要望天遙拜，說是皇天的祥瑞。如今李白和杜甫——詩中的兩曜，劈面走來了，我們看去，不比那天空的異端一樣神氣，一樣的有重大的意義嗎？」

當時，李白剛被唐玄宗賜金放還。

兩年前，他接到玄宗詔書，還曾高唱「仰天大笑出門去，我輩豈是蓬蒿人」，心懷「願一佐明主，功成還舊林」的抱負，進京供奉翰林。

可來到長安，李白才知自己不過是專供帝王娛樂的文學侍臣，偶爾寫幾首〈清平調〉，用「雲想衣裳花想容，春風拂檻露華濃」這樣的詩句來滿足玄宗的虛榮心，與自己所追求的帝師卿相大相徑庭。

他壯志難酬，狂放不羈，耍起大牌，要宦官高力士爲其脫靴，得罪朝中權貴，只好再次仗劍遠遊。

杜甫比李白小十一歲，那時的他不過是初出茅廬的文學青年，出身書香門第，熱衷於科舉考試，一心想「致君堯舜上，再使風俗淳」。可杜甫考砸了，儘管已在翰墨場嶄露頭角，仍是一介布衣，只好四處旅遊，排解憂悶。

年輕的杜甫「性豪業嗜酒，嫉惡懷剛腸」，「放蕩齊趙間，裘馬頗輕狂」，和後來那個憂鬱的老杜截然相反，自然和李白意氣相投。

李、杜相逢，一見如故，相約同去梁宋之地遊玩，攜來詩酒相伴，求仙訪道，寄情山水，「醉眠秋共被，攜手日同行」。

世人多記得李杜初遇，卻忘了他們此次旅行，還有一個「驢友」，那便是高適。

明明是三個人的電影，高適怎能沒有姓名？

高適，出生於敗落的官宦世家，和李、杜一樣，他一向志在官場。二十歲時進京，寫下：「二十解書劍，西游長安城。舉頭望君門，屈指取公卿。」

高適豪言，哥要當官，就該名列公卿。然而理想很豐滿，現實很骨感，在長安，沒人看得上這個熱血青年。他在科舉之路上也屢次碰壁，考一次掛一次，考到懷疑人生。

高適一怒之下去了燕趙，投身邊疆建設，還跟胡人打過仗，後來寫下「戰士軍前半死生，美人帳下猶歌舞」、「相見白刃血紛紛，死節從來豈顧勳」等邊塞詩名句，成爲大唐極負盛名的邊塞詩人之一。

尤其是〈別董大〉中那句「莫愁前路無知己，天下誰人不識君」更是送別詩中的千古名句。名不見經傳的董大和汪倫一樣，都靠著朋友寫給他們的詩而存在感飆升，至今活躍在中小學課本裡。

李、杜結伴旅遊時，高適已經返回中原，旅居宋地數年，躬耕於野，讀書不輟，算是半個「河南人」。由高適做東，三位大詩人不期而遇，開始了一次別開生面的三人行，成就唐朝文化史上一件盛事。

那年秋天，李、杜、高暢遊梁宋之地，「飲酒觀妓，射獵論詩，相得甚歡」。他們開派對，逛夜總會，在孟諸野澤狩獵，在吹台、梁園賦詩，品味陳年佳釀，笑談天下大勢，何等快意瀟灑。

據傳，三人一路來到王屋山。

這座曾出現在愚公移山故事中的名山，在唐代時道教興盛。道士司馬承禎曾受唐玄宗召見，奉詔在山上陽台觀修行，他與李白曾有交情。

李白想起他的這位道士朋友，當即帶著杜甫和高適前往拜訪。

到陽台觀一問，才知司馬承禎早在幾年前駕鶴西去。

李白得知與友人已天人永隔，悵然若失，請道童取來司馬承禎所作山水畫觀賞，只見畫中山澗丘壑，高聳峻拔，極爲壯觀。

李白一看這畫，心潮澎湃，拿出紙筆，思緒飄蕩於大好河山，乘醉寫下二十五字草書：「山高水長，物象千萬，非有老筆，清壯可窮。十八日，上陽台書，太白。」

李白草書師其好友張旭，這二十五字豪氣雄健，氣勢飄逸，即便歷經千年滄桑，百代艱危，我們仍能從中窺見詩仙的昔日風采。

這幅作品，正是李白唯一的傳世墨寶〈上陽台帖〉。這是李白留給後世的「國寶」級遺產，也是李、杜、高三人旅行的一個見證。從此以後，他們各自爲前程奔波，可萬萬沒想到，等待他們的竟是迥然不同的結局。

貳

梁宋之旅結束後，杜甫繼續求取功名，於天寶六載進京趕考，偏偏遇上奸相李林甫上賀表，對玄宗進言「野無遺賢」，人才都已在朝中，民間沒有遺漏的賢人。

李林甫明顯是在吹牛，可唐玄宗爲顧及面子，竟然眞當回事。結果，應考士子全部落榜，杜甫又沒考上。

在長安，杜甫開始了長達十年的「京漂」生涯，四處投簡歷，窮得叮噹響，飯都吃不飽。

在〈奉贈韋左丞丈二十二韻〉一詩中，他對自己這段窮困生活如此描述：「朝扣富兒門，暮隨肥馬塵。殘杯與冷炙，到處潛悲辛。」

杜甫在京城混了十年，才當上右衛率府兵曹參軍這麼一個小官，這一職位主要負責看管兵甲器杖，就是高級別的門衛大爺，他也無可奈何。

杜甫趕緊到奉先縣，探望寄住在此的妻兒，將這一消息告訴家人。一到家中，「入門聞號啕，幼子饑已卒」，原來小兒子已經餓死了。

朱門酒肉臭，路有凍死骨。在長安十年，這就是杜甫眼中的大唐。

可是，高適所見卻與杜甫不同。

在李林甫「野無遺賢」鬧劇的三年後，高適受名相張九齡之弟、大臣張九皋推薦，參加專為隱士開設的「有道科」，終於取得人生第一個正式官職——封丘尉。那一年，他已經年近半百。

得到這份工作後，高適寫了一首〈留上李右相〉，為奸相李林甫歌功頌德。詩中說：「傳說明殷道，蕭何律漢刑。均衡持國柄，柱石總朝經。」李相可比傅說、蕭何，實在是一位治國能臣。

「恩榮初就列，含育忝宵形。有竊丘山惠，無時枕席寧。」我高適何德何能，竟然有幸得到李相的恩惠，感激涕零，一夜難眠啊。

寫完這首詩沒多久，天寶十一載（七五二），高適就把這份工作辭了，前往河西，做了哥舒翰的入幕之賓，辟爲幕中掌書記。那幾年是哥舒翰的事業巔峰，高適抱住這一大腿，由此步入權力遊戲的中心。

第二年，李林甫去世，死後被楊國忠誣告謀反，子孫抄家、流放。

高適的政治嗅覺可見一斑。

杜甫與高適，一人心想「致君堯舜上」，另一人念叨「屈指取公卿」，都曾是不甘雌伏的白衣秀士。

可是，十年過去了，在險惡的官場中，杜甫只看到了大唐的危機，而高適卻學會了如何在黑暗的朝堂生存。

參

天寶十四載（七五五），「漁陽鼙鼓動地來，驚破〈霓裳羽衣曲〉」。

安史之亂，終結了大唐盛世，也撥動著李白、杜甫和高適的命運之輪。

安史之亂第二年，高適輔佐哥舒翰守潼關。

潼關被叛軍攻陷後，哥舒翰投降，守城官員四散逃命。唐玄宗聽說這一消息，倉皇西逃，跑得比兔子還快。

唯有高適，臨危不懼，他也跑了，卻是抄小路跑去覲見唐玄宗。唐玄宗心急如焚，得知高適自前線而來，便問他戰況如何。

高適先為其解釋潼關失守的原因，然後話鋒一轉，為玄宗逃跑開脫，稱此舉可以避叛軍鋒芒，是社稷之幸，不足以為恥。

高適嘴甜，唐玄宗聽著高興，到了成都，封高適為諫議大夫。

入蜀途中，唐玄宗採納宰相房琯的建議，命諸王分鎮，其中，太子李亨為天下兵馬元帥，永王李璘則為江陵大都督。高適一眼就看出這一安排的缺陷，極力反對：「所謂分鎮，不過是效仿西周初期封建諸侯以藩屏周的伎倆，必然會導致南北各自擁兵對立。」高適一語中的。

縱觀唐朝歷史，皇權的爭奪總是伴隨著陰謀與殺戮。提心吊膽做了近二十年太子的李亨，早就迫不及待地想要上位，於是他遙尊玄宗為太上皇，自己登上皇位，是為唐肅宗。

新君一即位，老邁的唐玄宗就成了吉祥物，高適一轉身就跑去投靠唐肅宗。

杜甫顯然沒有高適那樣的政治遠見，不僅求仕經歷一路坎坷，還在安史之亂中身陷長安，被叛軍俘虜。

某夜，絕望中的他見明月高懸，想起分隔異地的妻兒，不知自己還能不能活著見到他們，心如刀割，寫下這首〈月夜〉：

今夜鄜州月，閨中只獨看。
遙憐小兒女，未解憶長安。
香霧雲鬟濕，清輝玉臂寒。
何時倚虛幌，雙照淚痕乾。

估計是杜甫的官職實在太小，人微言輕，安史叛軍根本不把他放在眼裡，困在孤城一年後，杜甫趁亂逃出，前往唐肅宗所在的鳳翔。

一路上險象環生，生死難料，正是「今夏草木長，脫身得西走。麻鞋見天子，衣袖露兩肘」，終於在至德二載（七五七）見到唐肅宗。

唐肅宗一見杜甫前來，心裡頗爲感動，甭管認不認識，先封個左拾遺，以資鼓勵。

照理說，杜甫在此時選擇唐肅宗，一點兒毛病都沒有，前途一片光明，可惜他認識了一個肅宗欲除之而後快的人。

這個人就是隨唐玄宗入蜀、提議諸王分鎮的宰相房琯。

房琯和杜甫是布衣之交，喜好文學，兩人相交淡如水，本來無關政治。

然而，唐肅宗靈武即位，備受爭議。不甘心就此退出政治舞台的唐玄宗爲牽制肅宗，派房琯前往靈武，傳授國寶玉冊。

唐肅宗剛剛在亂中即位，不敢輕易換掉老爹安排的人，於是留房琯繼續爲相，心卻想著早點兒把他從相位上撤下來。

此時，有人告發房琯門客受賄賂。唐肅宗抓住機會，以此爲由，將其貶爲太子少師。

房琯罷相本來只是皇位交接的一個政治事件，不過是唐肅宗嫌棄玄宗系老臣礙事，找個機會「請」他退休。杜甫卻看不懂其中玄機，他身爲左拾遺，職責就是舉薦賢良、勸諫皇帝。房琯既是賢良，又無重罪，杜甫當機立斷，上疏直陳：「罪細，不宜免大臣。」

唐肅宗勃然大怒。

誰？杜甫？剛來那個？就你話多！貶！

爲殺雞儆猴，唐肅宗將敢做出頭鳥的杜甫貶爲參軍，放回鄜州探望家人，實際上就是跟他說，不用再回來了。

乾元二年（七五九），屢遭打擊的杜甫棄官，入蜀避亂，開始了客居草堂、漂泊西南的窮苦生活。他再一次成爲政治的犧牲品，這一次毀掉他仕途的不是奸相，而是皇帝。

肆

高適向唐玄宗陳述的憂慮很快成爲現實，永王李璘是唐肅宗的第一個隱患，而高適的好友李白牽扯其中。

杜甫、高適都在求取功名時，李白在幹嗎呢？自賜金放還，離開長安後，他在仕途上一蹶不振，整日借酒消愁。備受排擠的李白也想放棄，他大聲疾呼：「安能摧眉折腰事權貴，使我不得開心顏！」

安史之亂爆發後，李白攜家人在廬山隱居，躲避戰亂，若能就此歸隱山中，不問世事，倒眞應了謫仙人之名。

偏偏在這個時候，永王給李白拋出了橄欖枝。他多次派人上廬山，懇請李白出山相助。生性浪漫的李白以爲，出鎭江陵的永王只是爲平定安史之亂而組建幕府、壯大隊伍，根本沒意識到永王早已成爲唐肅宗皇位的威脅，有另立朝廷之嫌。

在永王的再三邀請下，李白懷著「終與安社稷，功成去五湖」的理想重出江湖，加入永王帳下。那兩個月裡，詩仙迸發久違的工作熱情，創作一系列詩歌爲永王加油助威，以盡宣傳委員之職。他高唱：「永王正月東出師，天子遙分龍虎旗。樓船一舉風波靜，江漢翻爲燕鶩池。」在他筆下，永王的軍隊軍紀嚴明，浩浩蕩蕩，奔赴戰場，似乎跟著這支王師，他就能實現濟國安邦的人生抱負。

可是，唐肅宗早已把這支隊伍定義爲「僞軍」，宣布永王爲叛逆，身在其中的李白不經意間成了反賊。

唐肅宗命永王覲見，永王死活不肯奉詔，偏要跟朝廷對著幹。

攘外必先安內，至德二載（七五七）二月，忍無可忍的唐肅宗派兵鎮壓永王，安史之亂還未平定，兄弟倆先開戰了。

率軍而來的正是飛黃騰達的高適，這一年，他官拜淮南節度使。

永王的雜牌軍一擊即潰，毫無反抗之力。唐朝大軍一來，一波帶走，永王被殺，「賓御如浮雲，從風各消散」。

李白雖然僥倖不死，卻在回廬山的途中被捕，投入潯陽獄中，被判罪名「附逆作亂」，命懸一線。李白聽說老友高適現在發達了，寫了首詩給高適，請他高抬貴手，幫自己一把。

在這首〈送張秀才謁高中丞並序〉中，一向桀驁不馴的李白，難得謙虛一回，盛讚作為討伐永王軍的指揮官高適，稱其「智勇冠終古，蕭陳難與群」、「英謀信奇絕，夫子揚清芬」。

然後，就沒有然後了。

想當年，三人遊梁宋、高歌暢飲，如今高適對李白視而不見。

只因高適選擇了唐肅宗，李白加入了永王集團，昔日好友，形同陌路。

從此之後，李白、高適互相拉黑，似乎刻意刪去詩文中關於對方的記錄，史書留下兩人相識相知的痕跡，可李白的詩中不再有高適，高適的詩中也不再會有李白。

乾元元年（七五八），李白被判流放夜郎，儘管大難不死，卻已心灰意冷。

第二年，關中大旱，唐肅宗大赦天下。前往夜郎路上的李白終於重獲自由，他泛舟長江，順流而下，在絕處逢生的喜悅中寫下了千古名篇〈早發白帝城〉：

朝辭白帝彩雲間，千里江陵一日還。
兩岸猿聲啼不住，輕舟已過萬重山。

在生命的最後三年裡，李白四處寄人籬下，最終在當塗的同族家中病逝。謫仙人魂歸明月，結束失意而瀟灑的一生，留下千年不朽的詩篇。

伍

杜甫在成都，他不會很忙，但是日子過得很苦。當自己所住茅屋破敗，一家人饑寒交迫時，他仍心憂天下：「安得廣廈千萬間，大庇天下寒士俱歡顏。」

當得知李白下獄，流放夜郎，他時時擔心這位已經十四年未見的故人，寫下〈夢李白二首〉，詩中說「死別已吞聲，生別常惻惻」，開篇便寫生離死別，語調悲愴，又說「應共冤魂語，投詩贈汨羅」，爲李白鳴冤叫屈。

「出門搔白首，若負平生志。冠蓋滿京華，斯人獨憔悴」，這說的是李白一生壯志終成空，也是在說二人同病相憐。

所幸，高適和杜甫的友誼沒有在政治的旋渦中改變。

早在高適入哥舒翰幕府，前往河西闖蕩時，還在長安漂泊的杜甫就常常寄詩問候。杜甫生性耿直，詩中滿滿都是對高適事業有成的欣慰和鼓勵，沒有一絲妒忌，如「主將收才子，崆峒足凱歌。聞君已朱紱，且得慰蹉跎」。

雖然我過得很失敗，但你成功了，我爲你感到高興，這便足矣。

在有些人眼中，官場上從來只有利益，可在杜甫心中，還有一生不變的友誼。

乾元二年（七五九），高適入蜀，出任彭州刺史。

當杜甫與高適久別重逢，憂鬱的他難得寫了一首〈奉簡高三十五使君〉表達欣喜之情：「行色秋將晚，交情老更親。天涯喜相見，披豁對吾眞。」

高適晚年詩作不多，但在見了杜甫後也寫詩唱和，同時對友人懷才不遇感到遺憾，詩中說：「身在遠藩無所預，心懷百憂復千慮。今年人日空相憶，明年人日知何處？」

杜甫生活窘迫時，高適多次給予資助，杜甫甚是感激，在詩中寫道：「故人供祿米，鄰舍與園蔬。」

後來，高適被調回京，杜甫恰好沒在成都，未能來得及相送，只能寄書以述別情，「天涯春色催遲暮，別淚遙添錦水波」。

從此，二人再未相見。

當年，李白揮毫，手書〈上陽台帖〉，在場的杜甫、高適一樣壯志凌雲。

可是，時光匆匆催人老，命運，最終讓昔日同遊梁宋的三人天各一方。有一人，泛舟浩蕩江湖，酒入豪腸，仗劍長嘯，那是李白。有一人，徘徊山間小路，憂國憂民，蹣跚前行，那是杜甫。有一人，馳騁塞上邊關，金戈鐵馬，乘風而上，那是高適。

千百年後，我們仍記得狂放的李白、愁苦的杜甫和得意的高適。

人生無法重來，很多人想做李白，卻活得像杜甫，最後變成了高適。

岑參
大唐唯一的西域詩人

大詩人岑參，一生都在不斷地錯過。

唐玄宗天寶八載（七四九），已經三十二歲的岑參從長安出發，遠赴西域的龜茲（今新疆庫車），就任安西節度使高仙芝的幕府掌書記。

此前兩年（七四七），高仙芝率領唐軍翻越蔥嶺（帕米爾高原）降服小勃律國（在今喀什米爾西北部），打破了吐蕃在喀什米爾地區多年的壟斷，從而爲大唐帝國威震西域、進軍中亞，打開了全新的局面。

但岑參（七一八？—七六九？）錯過了這個大唐的榮耀時刻。作爲一個二十七歲就高中進士，卻在苦候三年後，才終於等到一個正九品上官職（右內率府兵曹參軍）的詩人來說，他的內心是痛苦的。

在京城長安無法實現的仕途晉升，在邊疆或許另有可能。

於是，在被朝廷擢升爲正八品上的安西節度判官後，他整鞍勒馬，西向而行，期待跟隨著那位帶領大唐走向中亞的一代名將高仙芝，攀上人生的高峰。

此前，他向朋友感慨說，「功名須及早，歲月莫虛擲」，「丈夫三十未富貴，安能終日守筆硯」。效仿班超棄筆從戎，在邊疆成就一番功業，是有唐一代詩人們的夢想，但當眞的踏上漫漫西行的旅途，大漠的風沙，炙熱的戈壁，卻讓這位遠離故土的詩人思鄉不已，在官道上碰到反向東行回京的友人時，他傾訴道：

> 故園東望路漫漫，雙袖龍鍾淚不乾。
> 馬上相逢無紙筆，憑君傳語報平安。

故園漫漫，他的思念，穿透千古而來。

壹

一個人的成功，首先是時代賦予的成功。

詩人岑參是荊州江陵人（今湖北江陵），作爲名門之後，他的家族四代共出過三位宰相，誠如他本人所說，「國家六葉，吾門三相矣」：岑參的曾祖父岑文本，是唐太宗李世民時期的著名宰相；另外，岑文本的侄子、岑參的伯祖岑長倩又是唐高宗李治時期的宰相；而岑參的堂伯父岑羲，又是唐中宗和唐睿宗時期的宰相。

岑文本在唐太宗時期盡享榮光，但岑長倩卻因爲擁立李唐、反對立武則天的侄子武承嗣爲皇太子而被殺，甚至連累父祖墳墓被掘，五個兒子全部被賜死；而岑羲本人，則因爲試圖擁立太平公主對抗唐玄宗李隆基而被殺。

身處名門，卻沒落潦倒，這使得岑參從小就擁有強烈的功名進取心，他渴望在這個蒸蒸日上的大唐帝國中，重續家族的榮光。儘管少年的他，一度隱居嵩陽（今河南登封），搭建書院耕讀，但他從未忘記，在這榮耀的時代奮發向上。

此時，大唐正處於開元盛世，帝國光芒萬丈，對外開疆拓土遠至今天的中亞和東北亞，對內物阜民豐康樂強盛，於是，大概從唐玄宗開元二十五年（七三七）開始，岑參爲了謀求功名，一直往返奔走於長安和洛陽之間，儘管在天寶三載（七四四）二十七歲時高中進士，但他此後一直苦苦掙扎在帝國政治的最底層，一直到進士及第三年後，他才終於等到了一個正九品上的官職（右內率府兵曹參軍）。

所以，當岑參被朝廷冊封改派爲正八品上的安西節度判官後，他異常珍惜這一次的西域履職，因爲在大唐的人事甄選機制下，即使進士及第和擁有家族的門蔭光環，但畢竟時年日久，像他這樣的沒落公子，如果沒有朝中貴人扶持，想要登上坦途也並非易事。

朝堂上難以實現的理想，戰場上或許可以一搏。

按照當時的慣例，由於大唐帝國四處開疆拓土，因此擔任邊疆大將的幕府官僚，也是當時文人實現仕途升遷的一條捷徑。

東漢書生班超棄筆從戎、揚名西域，是所有大唐士子的共同嚮往，對於在政治底層苦苦掙扎的詩人岑參來說，更是一種無上的精神激勵，於是，他勒馬西行，成爲整個唐代著名詩人群體中，唯一一個眞正踏足西域的詩人。

此前，在大唐的邊塞詩人群體中，無論是崔顥、王昌齡、王翰還是王之渙等人，他們聞見所及，東起沒有超過今天的北京山西一帶的幽州並州，西起也只是到達隴右的長城一線。而高適，最遠也只是到過河西走廊一帶。在大唐的詩人群體中，岑參是唯一一位到達新疆、踏足西域的著名行吟詩人，因此在他的筆下，他的詩歌，擁有了源自生活的一線眞實：

今夜不知何處宿，平沙萬里絕人煙。

十日過沙磧，終朝風不休。

馬走碎石中，四蹄皆血流。

火山今始見，突兀蒲昌東。

赤焰燒虜雲，炎氛蒸塞空。
不知陰陽炭，何獨燒此中？
我來嚴冬時，山下多炎風。
人馬盡汗流，孰知造化工！

作爲唐朝地理的紀實資料，岑參的〈經火山〉如實記錄了新疆地下煤礦自燃的奇景。當時，從東沙爾湖到新疆哈密大南湖以西，長年有地下煤礦自燃，一直從唐朝燒到清朝才耗盡，這樣的奇景，只有「萬里覓封侯」的他，才有緣親身經歷。

貳

但作爲大唐唯一的西域詩人，他還是沒能趕上一個好時代。

此前在唐太宗李世民時期，大唐先後平定突厥、薛延陀、回紇、高昌、焉耆、龜茲和吐谷渾，奠定了在西域稱霸的基礎，但隨著時間推移，吐蕃和黑衣大食（阿拉伯帝國阿拔斯王朝）也不斷崛起，於是，在遠離長安的西域中亞，大唐、吐蕃、大食在中亞地區形成了三足鼎立的局面，爲了抗衡兩大強國，大唐在天山以北設立北庭都護府，在天山以南設立安西都護府，以此爲基地延伸，與吐蕃和大食爭奪中亞。

作爲安西都護府的最高長官，安西節度使高仙芝，是來自帝國東北的高句麗人，大唐滅高句麗後，高仙芝跟隨父親入唐，並因戰功卓著逐漸升遷，在七四七年大破依附吐蕃的小勃律國後，高仙芝憑藉戰功晉升安西都護，此時，大唐在中亞的聲譽和勢力也達到了巔峰。

但盛唐的榮光即將逆轉。

就在大唐與吐蕃爭戰於中亞喀什米爾時，黑衣大食也不斷崛起，並在今天的哈薩克一帶，與大唐帝國形成了對峙之勢。

當時，遠征小勃律、擊敗吐蕃的安西都護高仙芝個人欲望也在不斷膨脹。爲了掠奪財富和擴張軍功，高仙芝先是縱兵殺掠石國（在今烏孜別克斯坦塔什干），然後又誣衊突騎施部落反叛，俘虜了突騎施的移撥可汗。此外，高仙芝的軍隊還四處殺掠在西域經商的胡商，並向長安報稱「破九國胡」。

高仙芝在西域四處濫殺，極大損害了大唐帝國在中亞的聲威，於是，中亞地區的各個部落開始接洽引入大食軍隊，並試圖聯合大食，進攻唐朝在西域設立的安西四鎮（龜茲、焉耆、於闐、疏勒）。面對大食軍隊的東進緊逼，高仙芝決定先發制人，主動向大食發起進攻。對於即將遠行的大唐鐵軍，岑參在送別軍中一位朋友時，寫下了〈送李副使赴磧西官軍〉：

脫鞍暫入酒家壚，送君萬里西擊胡。
功名只向馬上取，真是英雄一丈夫。

但戰爭的走向並不如意。

歷經一個多月行軍，高仙芝率領的三萬蕃、漢聯軍再次成功翻越蔥嶺（帕米爾高原），並於七五一年七月，抵達大食軍隊駐守的怛邏斯城（今哈薩克東南部的江布林城）。

隨後，唐軍與大食軍在城下展開激戰，沒想到戰爭進行到第五天時，與唐軍聯合的葛羅祿部眾突然叛變，與大食夾擊唐軍。經此一變，唐軍中數千人戰死，一萬多人被俘。高仙芝則率領一千多人的殘軍，逃回位處今天新疆的安西都護府。

怛邏斯之戰慘敗，使得大唐帝國在蔥嶺以西威嚴掃地。儘管繼任的安西都護封常清再次率軍兵臨中亞，但此後一直到清朝乾隆時期，一千年間，中原王朝的鐵騎再也未能長期馳騁中亞草原。而隨著大食勢力的擴張和中華文明在中亞地區的敗退，中亞地區逐漸伊斯蘭化。

可以說，這是中華文明從中亞敗退的關鍵一戰。

唐軍潰敗，也使得岑參憂心忡忡。他原本寄望於跟隨高仙芝建功立業，沒想到一代名將卻在第二次遠征中亞時折戟沉沙。果不其然，此後高仙芝被解除了安西節度使的職務，入京擔任右金吾大將軍的虛職，安西節度使一職則由王正見接任。

主將被調回長安，作為高仙芝幕府的官員，岑參頓失依靠。無奈下，他只得再次回到長安，蟄伏中等待再次崛起的時機。

就在高仙芝兵敗怛邏斯的第二年，唐玄宗天寶十一載（七五二）秋天，愁困中的岑參回到長安。其間的一天，他和友人杜甫、高適、薛據、儲光羲等同僚詩友，一起登上長安城內的慈恩寺塔（大雁塔），寫下了〈與高適薛據同登慈恩寺浮圖〉一詩：

塔勢如湧出，孤高聳天宮。
登臨出世界，磴道盤虛空。
……
秋色從西來，蒼然滿關中。
五陵北原上，萬古青濛濛。
淨理了可悟，勝因夙所宗。
誓將掛冠去，覺道資無窮。

這一年，詩人三十五歲，想到前路漫漫，仕途坎坷，在登高眺遠中，他一度想到「掛冠」而去，悟道無窮之中。

但坎坷之中，詩人的妙筆與大唐的國運，即將迎來最後的輝煌時刻。

雖然在怛邏斯之戰中慘敗，但大唐在西域的赫赫聲威仍在，而接過高仙芝戰鞭的，是名將封常清。

比詩人岑參大二十八歲的封常清（六九〇—七五六），本是唐代的蒲州猗氏（今山西臨猗縣）人。封常清年少時，他的外祖父因罪被流放安西（今甘肅安西縣）胡城，老人帶著外孫封常清一起到了西域。儘管流落邊城，但封常清卻跟著外祖父一起讀書識字，每天坐在城門樓上讀書，積累了廣博的知識。

史書記載，封常清人長得非常瘦弱，並且斜眼、一隻腿短、有點跛腳，相貌上並不受人待見。一直到三十多歲時，封常清作爲駐紮安西的一名唐軍普通士兵，仍然默默無聞。有一次，他無意中看見了儀表堂堂的高仙芝，認定高仙芝必成大器，於是寫信向高仙芝毛遂自薦，請求跟隨在他帳下效力。

沒想到高仙芝是個外貌黨，直接拒絕了封常清。封常清不氣餒，又繼續寫信自我推薦。高仙芝感到很煩，就說，「我手下的侍從已經錄取夠了，你幹嗎又來呢？」

封常清作爲普通士兵卻毫不畏懼地說：「我仰慕將軍您的高義，願意侍奉您，所以沒人推薦也要毛遂自薦，你爲什麼一定要拒絕我呢？你以外貌取人，會看漏人才的，您還是考慮一下我吧！」

最終，封常清憑藉著過人的毅力和出人才幹，在高仙芝帳下步步高升至安西四鎮的節度判官外加朝散大夫。後來，高仙芝出征，經常命令封常清爲留後使鎭守大本營。

怛邏斯之戰敗北後，王正見接替高仙芝出任安西都護，但不久王正見病逝，封常清正式接管安西四鎭，並且代替程千里暫時代理北庭都護，持節充伊西節度。在此情況下，封常清的權力甚至超越了高仙芝，直接成爲安西都護府和北庭都護府的最高長官，也就是大唐帝國在整個西域的統軍大將。

在高仙芝兵敗怛邏斯後兩年，唐玄宗天寶十二載（七五三），封常清率軍攻破大勃律國（位處今印巴交界的喀什米爾），讓大唐軍威重震西域。

怛邏斯兵敗不到兩年，大唐帝國就在西域捲土重來，唐玄宗滿心歡喜，召封常清進京覲見。於是在天寶十四載（七五四），岑參借助老領導封常清的提攜，被任命爲安西都護府和北庭都護府的節度判官。

帝國在西域重振聲威，唐軍新任統帥封常清又提攜看重，這使得岑參一掃多年來的頽廢和迷茫，他以萬丈豪情再次奔赴西域。在大唐帝國照耀西域中亞的最後光芒中，岑參也將古典中國的邊塞詩，推向了歷史的最高峰。

可以說，岑參與邊塞詩，也是在與大唐帝國的國運共進退。

在豪情萬丈地馳騁中，岑參迸發出了極大的工作熱情，在送封常清出征的〈輪台歌奉送封大夫出師西征〉中，他寫道：

輪台城頭夜吹角，輪台城北旄頭落。
羽書昨夜過渠黎，單于已在金山西。
戍樓西望煙塵黑，漢軍屯在輪台北。
上將擁旄西出征，平明吹笛大軍行。
四邊伐鼓雪海涌，三軍大呼陰山動。
虜塞兵氣連雲屯，戰場白骨纏草根。
劍河風急雪片闊，沙口石凍馬蹄脱。
亞相勤王甘苦辛，誓將報主靜邊塵。
古來青史誰不見，今見功名勝古人。

儘管不乏逢迎長官的意志，但岑參仍然將大唐帝國在中亞的軍事光芒與西域的自然風光完美地融合在文字裡，在〈走馬川行奉送封大夫出師西征〉中，他描寫一個內地文人幾乎無緣見到的西部風光：

君不見走馬川行雪海邊，平沙莽莽黃入天。
輪台九月風夜吼，一川碎石大如鬥，隨風滿地石亂走。
匈奴草黃馬正肥，金山西見煙塵飛，漢家大將西出師。
將軍金甲夜不脫，半夜軍行戈相撥，風頭如刀面如割。
馬毛帶雪汗氣蒸，五花連錢旋作冰，幕中草檄硯水凝。
虜騎聞之應膽懾，料知短兵不敢接，車師西門佇獻捷。

而在送別同爲封常清幕僚的武就（後來的中唐名相武元衡的父親）時，他又奮筆疾書寫下了〈白雪歌送武判官歸京〉，歌頌西北邊境瑰麗的自然風光，表達對友人的依依不捨之情：

北風卷地白草折，胡天八月即飛雪。
忽如一夜春風來，千樹萬樹梨花開。
散入珠簾濕羅幕，狐裘不暖錦衾薄。
將軍角弓不得控，都護鐵衣冷難著。
瀚海闌干百丈冰，愁雲慘澹萬里凝。
中軍置酒飲歸客，胡琴琵琶與羌笛。

紛紛暮雪下轅門，風掣紅旗凍不翻。
輪台東門送君去，去時雪滿天山路。
山回路轉不見君，雪上空留馬行處。

在大唐所有寫過邊塞詩的著名詩人中，他是唯一一位眞正走出河西走廊，直達新疆和西域的中原詩人。他無論是在生活經驗上，還是情感體驗中，都擁有了唐代詩人中無與倫比的眞實體驗。這也賦予了唐詩更爲廣闊的意境和生命力，從而將唐詩邊塞詩的巔峰，定格在了唐軍馳騁帕米爾高原的輝煌之時。

肆

儘管唐軍在西域重振聲威，但是帝國的內亂，即將摧毀邊塞詩最後的輝煌。

唐玄宗天寶十四載（七五五），身兼范陽、平盧、河東三鎭節度使的安祿山，在范陽起兵叛亂。當時，封常清剛好入京朝見，於是被唐玄宗任命爲范陽節度使，募兵前往東都洛陽抵擋叛軍；另外，唐玄宗又命令自己的兒子榮王李琬爲元帥，高仙芝爲副元帥，率領五萬大軍和募集的新兵前往抵擋叛軍。

封常清率兵進抵洛陽後，由於手下士兵都是新兵，根本無法抵擋安祿山手下的凶悍叛軍，於是率兵退到陝郡。當時由於榮王李琬病逝，高仙芝獨自統領大軍，於是，封常清與高仙芝兩人決定合兵退到潼關，死死捍衛通往長安的關中門戶。

聽說封常清兵敗洛陽，惱怒的唐玄宗不問青紅皀白，就將封常清削去官爵，並命令他以白衣的身分在高仙芝軍中效力。高仙芝則讓封常清巡監左右廂諸軍，以助自己抗擊叛軍。

高仙芝與封常清死死扼守潼關，叛軍前進不得。另外，郭子儀等人開始反攻安祿山的大後方，這使得安祿山叛軍一度進退失據。就在這歷史的轉捩點上，被唐玄宗派在潼關監軍的宦官邊令誠，因爲惱怒高仙芝曾經得罪過自己，於是向唐玄宗進獻讒言，說高仙芝退守潼關是畏敵失土，並且偷偷剋扣士兵的糧食和賞賜。

在領到唐玄宗的旨意後，邊令誠先將封常清處死，封常清臨死前留下遺言說：「臣死之後，望陛下不輕此賊，無忘臣言，則冀社稷復安，逆胡敗覆，臣之所願畢矣。」

封常清被殺後，屍體被陳放在一張粗席子上面。高仙芝回到官署後，被邊令誠下令逮捕，對於邊令誠羅織的罪名，高仙芝奮聲高呼說：我帶領將士們爲國殺敵，如果我眞有罪名，將士們請直接指認，如果我是清白的，也請將士們爲我洗清冤屈。

手下將士們呼聲如雷，紛紛爲高仙芝喊冤說：「高將軍冤枉！高將軍冤枉！」

邊令誠則執意將高仙芝處死。臨刑時刻，高仙芝看著身邊死去的封常清說：「封二，你從貧微到顯著，我一路提拔你，我離開西域後你又代我爲節度使，今天我們倆竟然一同死在這裡，這難道不是命嗎？」

封常清、高仙芝被殺後，急於求成、老來昏庸的唐玄宗，又強迫接任駐守潼關的名將哥舒翰強行出兵與叛軍決戰。哥舒翰明白封常清和高仙芝死守潼關的良苦用心，也明白急於求戰，正中糧草短缺的安史叛軍下懷。

於是，哥舒翰在痛哭一場後，無奈命令唐軍出征，最終兵敗潼關。關中門戶已破，安史叛軍直搗長安。

而封常清、高仙芝兩位名將同時被殺，不僅斷送了大唐王朝的氣運，也敲響了唐詩邊塞詩的巔峰喪鐘。

早在封常清兵敗洛陽的消息傳來後，當時聽聞消息的岑參就預感不祥，在〈送四鎮薛侍御東歸〉中他寫道：

相送淚沾衣，天涯獨未歸。
將軍初得罪，門客復何依？

潼關淪陷後，安祿山叛軍很快就在當年（七五六）六月攻占長安。長安淪陷前，唐玄宗倉皇西逃入蜀，太子李亨則在半路北上靈武，並自行即位，是爲唐肅宗。

伍

盛唐一代詩人，在安史之亂的劇變中隨波浮沉。

作爲與高適並稱「高岑」的邊塞詩人，岑參沒有高適的決毅和政治遠見。在帝國的哀鳴聲中，面對恩主封常清被殺的局面，岑參選擇了從西域遠赴陝西鳳翔，跟隨唐肅宗成立的新朝廷。

在好友杜甫等人的聯名推薦下，岑參被唐肅宗授爲右補闕，這是一個從七品上的諫官職務。亂世紛擾，人微言輕，他爲此給杜甫寫詩說：

曉隨天仗入，暮惹御香歸。

……

聖朝無闕事，自覺諫書稀。

低微的職務，讓他在皇帝面前無從顯現才華，即使進諫，也經常不受待見。此時，詩人已經三七十歲了，儘管豪情萬丈兩赴西域，但他先是錯過了高仙芝遠征小勃律的榮光時刻，卻見證了怛邏斯之戰的慘敗；接著又錯過了封常清遠征大勃律的榮耀，本來以爲跟著幕主可以在後面建功立業，沒想到最終的結局，卻是等來兩任幕主高仙芝、封常清同日慘死的噩耗。

人生無常，他生在盛世，卻未能參與盛世的最後輝煌，反而見證了盛極而衰的顛沛苦難。面對安史叛軍作亂犯上、四處殺掠，他只能無能爲力地哀歎：

早知逢世亂，少小謾讀書。
悔不學彎弓，向東射狂胡。

一介書生棄筆從戎，面對時代的沉淪卻無能爲力。在安史之亂的顛沛流離中，他一路跟隨著唐肅宗和後來的唐代宗，經歷了收復長安和洛陽兩京、此後又藩鎮割據的歷史動盪。他歷任起居舍人、虢州長史、考功員外郎、虞部郎中等多個官職。擔任虢州長史時，他曾在〈題虢州西樓〉中憤懣地寫道：

錯料一生事，蹉跎今白頭。
縱橫皆失計，妻子也堪羞。
明主雖然棄，丹心亦未休。
愁來無去處，只上郡西樓。

一直到七六六年，四十九歲的詩人才終於被任命為正四品的嘉州刺史，但由於蜀中內亂，他又半路折返，一直到七六七年才正式到四川嘉州上任。僅僅一年後，七六八年七月，他就被罷官免職。仕途坎坷，他想念起年少時曾經隱居在嵩陽讀書的日子：

早年迷進退，晚節悟行藏。
他日能相訪，嵩南舊草堂。

時光一去不返，耗盡一生追逐功名，希冀恢復家族的榮光，為此兩次入幕西域，最終卻老來流落四川。詩人在悲憤中想要東返故鄉，沒想到四川卻再次內亂。他生命中最後的時光，都被迫困鎖在成都。一直到兩年後的七六九年正月，一代邊塞詩人蒼涼病逝在成都的旅館。

臨死前，他在〈西蜀旅舍春歎，寄朝中故人呈狄評事〉中哀歎說：

四海猶未安，一身無所適。
自從兵戈動，遂覺天地窄。
功業悲後時，光陰歎虛擲。

他有心無力，在〈客舍悲秋有懷兩省舊遊呈幕中諸公〉中又感慨說：

人間歲月如流水，客舍秋風今又起。
不知心事向誰論，江上蟬鳴空滿耳。

作為聞名後世的邊塞詩人，他與其說是敗給了自己，毋寧說是敗給了巔峰隕落的時代。大唐榮耀不再，他所希冀的通過立功邊塞、封侯拜相的理想，隨著大唐的盛極而衰，化為烏有。在動盪的時代裡，詩人終究也只是一片浪打的浮萍。

就在岑參去世前，吐蕃趁著安史之亂後大唐邊疆軍隊大量調撥前往東部平叛，西部邊防空虛之際，逐漸入侵攻占了河西走廊。吐蕃軍隊甚至一度在七六三年短暫攻占了長安，使得唐代宗倉皇出逃，幸虧郭子儀組織大軍反攻，長安才重歸大唐。

作為連接西域的咽喉，河西走廊的淪陷，也使得安西都護府和北庭都護府長期孤懸境外。根據史書記載，在七五五年安史之亂前，大唐在西域的安西和北庭共駐紮有四萬四千人的部隊，安史之亂爆發後，有一萬五千人被調撥前往內地平叛，此後儘管河西走廊被吐蕃攻陷，但駐守天山南北的安西都護府和北庭都護府的將士們，仍然在苦苦堅守。

北庭都護府的唐軍一直堅守到唐德宗貞元六年（七九〇）才最終被吐蕃擊敗。北庭都護府淪陷後，末代北庭都護楊襲古力戰殉國。

而安西都護府的唐軍，一直堅持到了唐憲宗元和三年（八〇八）冬天。最終，這些從西元七五五年就開始孤軍駐守西域的唐軍將士們，歷經五十多年堅守，從少年鏖戰成了滿頭白髮的暮年戰士。在八〇八年的最後一次血戰後，他們最終在吐蕃人的刀箭下全軍覆沒。戰士們用五十多年的孤軍奮戰，譜寫了大唐最後的悲歌。

安西都護府最終淪陷，那時，距離岑參在七六九年去世，已經三十九年過去了。詩人若泉下有知，面對他曾經馳騁嚮往的西域曠土淪落胡塵，或許也不會瞑目吧。

此後千年，隨著中原王朝全面退出了在西域的爭奪，中國的邊塞詩歌盛世在岑參去世後隕落。岑參已死，西域不再，這又何嘗不令人哀歎。

元結
一個不該被遺忘的完美人物

大唐天寶六載（七四七），三十六歲的杜甫被戲弄了。

正月，唐玄宗搞了一場隆重的祭天大禮，然後命令各地長官速速推舉當地賢人，集中送到朝廷禮部應試。看樣子，皇帝是要來眞的，務必把全國的牛人都用起來。

但考試結果一公布，所有人都傻眼了：零錄取。只有總導演李林甫興沖沖地給唐玄宗上了賀表，恭喜皇帝，天下英雄早就盡入吾皇彀中矣，現在是「野無遺賢」。

在這場騙局中，和杜甫一起被戲弄的，還有二十九歲的元結。

壹

「野無遺賢」的背面，分明是妖孽當道。同爲受害者的杜甫和元結，他們的反應卻截然不同。

杜甫爲人敦厚，雖然滿腔激憤，但只是吐槽自己沒本事，也沒趕上好時候，「致君時已晚，懷古意空存」。而元結被惹毛了，回去後寫文章，指名道姓把李林甫臭罵了一頓。在〈喻友〉一文中，他將事件的來龍去脈寫了出來，毫不避諱：「相國晉公林甫，以草野之士猥多，恐洩漏當時之機，議於朝廷曰，舉人多卑賤愚瞶，不識禮度，恐有俚言，汙濁聖聽……已而布衣之士無有第者，遂表賀人主，以爲野無遺賢。」

儘管李林甫的操作全無底線，但元結的朋友還抱有幻想，「欲留長安，依託時權，徘徊相謀」。元結十分不齒，勸誡朋友說：「人生不方正忠信以顯榮，則介潔靜和以終老。」人生在世，如果不能靠正直忠信而顯達富貴，那麼就耿介、清廉、恬淡、和樂一輩子，直至老死。他勸朋友不要去阿諛奉承惡人惡政，要做官，就做一個堂堂正正的、由天子禮聘的社稷純臣，決不苟取。「貴不專權，罔惑上下，賤能守分，不苟求取，始爲君子」。發達了不專權跋扈，不欺上瞞下，失意了能守住本分，不苟取掉價，這才是君子。面對李林甫這樣的小人，我們不能附和他，學他丟掉做人的底線呀。既然妖孽當道，那就恕不奉陪，爺要回去隱居，修煉君子人格了。

元結說服了朋友，一起在河南老家商余山隱居，一邊耕種，一邊讀書。

但元結覺得還不過癮，繼續寫文章罵以李林甫爲首的長安無恥之徒。在奇文〈丐論〉中，他對世道的諸般醜惡做了入木三分的諷刺：「於今之世有丐者，丐宗屬於人，丐嫁娶於人，丐名位於人，丐顏色於人。甚者則丐權家奴齒，以售邪佞；丐權家婢顏，以容媚惑。有自富丐貧，自貴丐賤；於刑丐命，命不可得；就死丐時，就時丐息，至死丐全形，而終有不可丐者。更有甚者，丐家族於僕圉，丐性命於臣妾，丐宗廟而不取，丐妻子而無辭。有如此者，不可爲羞哉？」

在元結眼裡，長安城裡的袞袞諸公，爲了名位都曾像乞丐一樣：有的攀宗族，拉裙帶，奴顏媚態；有的喪失名節，苟延殘喘，得過且過；更可鄙的是，有的向婢僕求認本家，向佞臣乞饒性命，還有的懇求放棄祖祠宗廟，認了別人做祖宗，有的甚至把妻子讓給別人，什麼都可以犧牲。而這些蠅營狗苟爲名位奔忙的權貴，比起那些爲生活所迫、向人求取衣食的乞丐，更應該感到羞恥。

貳

元結寫這些貶斥權貴的文章，意圖很明確：政治黑暗，你們搞「野無遺賢」，我幹不過你們，但我可以用我的文字，作爲匕首和投槍，借助歷史和時間幹掉你們。

但元結這麼聰明的一個人，他怎麼會不知道妖孽李林甫的背後還有更大的妖孽呢？他怎麼會罵到李林甫爲止呢？這不符合他傲骨錚錚的個性。

在長年的隱居和漫遊期間，他雖然還沒有當過一天官，但他對時局的洞悉甚至比長安城中的權貴還要深刻。

他向所有人都不敢罵的那個人，向開啟亂世的最大的妖孽，開罵了。

一開始是拐著彎兒罵。元結的腦洞跟莊子有得一拼，都很大。他在自己的詩文中虛構了好、壞兩種帝王。好帝王是他想像中的治世明君，壞帝王則是現實中的一面鏡子。這些壞帝王叫荒王、亂王、虐王、惑王、傷王，每一個都是子虛烏有，但聯繫當時的宮廷政治，又很容易發現元結意有所指。比如他寫「惑王」說：「古有惑王，用奸臣以虐外，寵妖女以亂內。內外用亂，至於崩亡。」誰是奸臣，誰是妖女，誰又是惑王，放在天寶年間，大家一目了然吧。

接著是借古諷今。元結曾在淮陰一帶目睹運河決堤後百姓溺斃的慘像，因而寫下〈閔荒詩〉，這首詩表面是表達隋朝百姓對隋煬帝的怨憤，實際上明眼人也能一眼看出隋煬帝只是今上的一個鏡像。詩中說：

四海非天獄，何為非天囚。
天囚正凶忍，為我萬姓讎。
人將引天釤，人將持天鍑。
所欲充其心，相與絕悲憂。

是「天囚」（統治者）把人間變成了「天獄」，而苦難的農民最終將舉起鐮刀，推翻昏暗的統治。這是隋末的歷史，距離元結生活的年代，不過一百多年。往事歷歷在目，他寫這首當時頗有禁忌的詩，正是在警示當時的唐玄宗。

在另一篇文章中，元結開頭就寫道：「昔隋氏逆天地之道，絕生人之命，使怨痛之聲，滿於四海。四海之內，隋人未老，隋社未安，而隋國已亡。何哉？奢淫、暴虐、昏惑而已。」——這不正是以前朝歷史，對當時的最高統治者進行警誡嗎？

最後是直接上書罵。安史之亂中，元結獲得唐肅宗親自召問。元結並未因皇帝的垂青而獻媚，而是獻上〈時議三篇〉尖銳地指出，安史之亂初起，其禍雖劇，平亂卻進展順利，以弱制強，以危取安，如今卻諸事不順，原因皆在天子「未安忘危」，縱情享受，樂聞諛辭，致使舉措多誤，平亂越平越亂。

他的原文是這麼寫的：「今天子重城深宮，燕私而居；冕旒清晨，纓佩而朝；太官具味，當時而食；太常修樂，和聲而聽；軍國機務，參詳而進；萬姓疾苦，時或不聞。而廄有良馬，宮有美女，輿服禮物，日月以備，休符佳瑞，相繼而有。朝廷歌頌盛德大業，四方貢賦尤異品物。公族姻戚，喜符帝恩，諧臣戲官，怡愉天顏，而文武大臣，至於公卿庶官，皆權位爵賞，名實之外，似已過望。」說得很明白了，戰亂不止的根源全在皇帝一人身上。

而因爲元結確實是個人才，除了天地皇帝，他在〈時議三篇〉中還提出了卓有見識的謀略，所以唐肅宗被罵了竟然不以爲意，還爲他點讚，讓他去招募義軍抗敵。

看清楚了嗎？元結就是這種罵時局罵得痛快淋漓、罵當局罵得一針見血的人，他若生在宋代便是陸遊，生在明代便是海瑞，生在近代便是魯迅。

但元結比陸遊、海瑞和魯迅都厲害。他除了以文字爲武器，還是一個眞正拿過武器、上過戰場的亂世戰將。

我們來回溯一下元結的經歷。

他從小瘋玩，也不愛讀書，直到十七歲才恍然醒悟，跟從族兄元德秀學習。元德秀是個儒家聖徒，不僅爲人子孝順，做官有口碑，而且不追求名聲，生活簡樸，當時的大人物房琯曾說，看到元德秀的眉宇，就「使人名利之心盡矣」。元結跟隨元德秀學了十年，終生以元德秀爲楷模，自己也修煉成了「元德秀2.0版」。

四十一歲以前，元結基本處於隱居狀態，中間大概漫遊過幾次，並去過兩次長安，一次是七四七年遭遇那場「野無遺賢」的騙局，另一次是六年後，這次獲得賞識，中了進士。但不管中不中進士，他知道時局已經潰爛，也知道潰爛的根子在哪，所以一直寫詩文諷刺當下。他也沒有因爲中進士而出去做官，仍舊回到老家山裡隱居。他的終極理想，也許是做一個江湖隱士，像草木一樣，忘情、無爲、順其自然。

如果生在盛世，天下太平，他眞的就會像父親元延祖、族兄元德秀一樣，做一個道德高潔、淡泊名利的隱者。但時代不允許，妖孽橫行的亂世把他逼成了一個怒目金剛，寫下那麼多火氣旺盛的文字。

在他三十七歲那年，安史之亂爆發，他像當時的士人一樣，舉家南遷避難。

直到四十一歲，七五九年，他在〈時議三篇〉中把唐肅宗罵爽了，後者任命他爲右金吾兵曹參軍，攝監察御史。這是元結首次爲官。

亂世召喚他出山，那他便出山。

神奇的是，這名毫無從武經驗的士人，在戰場上居然頗有作爲，很快就成長爲一名傑出的戰將。當時的名臣顏眞卿後來給元結寫墓誌銘說，元結出任山南東道節度參謀，奉旨在唐、鄧、汝、蔡等州招緝義軍，山棚高晃等率五千人歸附，「大壓賊境，於是（史）思明挫銳，不敢南侵」。隨後，他屯兵泌陽守險，保全了帝國十五座城池。元結「威望日崇」，他統領的部隊，成爲朝廷在南方可以依靠的一支重要軍事力量。

但與其他戰將只關注戰爭輸贏、不關心百姓死活不同，元結在戰爭中始終更關注人本身。他多次給名將、山南東道節度使來瑱上書：〈請省官狀〉，請求裁減官員，減輕戰後百姓的負擔；〈請給將士父母糧狀〉，希望軍隊能給隨軍將士父母提供衣食，將士們才不會因爲要把自己的衣食分給父母，而饑寒交迫，無力打仗；〈請收養孤弱狀〉，希望收養將士們的子女，免除他們的後顧之憂……

由於討賊有功，三年間，元結連連升遷，一時聲動朝野。

很多人根本想不到，這個大半輩子躲在山裡寫詩文罵時局的「閒人」，居然擁有一身救時本領。人家原來不光能說，還能做事，眞是奇才。

肆

在亂世中成名的元結，並未迷失自我。功名利祿始終未能羈絆住他的腳步，時代有需要，他就站出來，沒需要了，他就退回去。

有「好心人」指點他爲官之道、飛黃騰達之術，告訴他：「於時不爭，無以顯榮。與世不佞，終身自病。君欲求權，須曲須圓。君欲求位，須奸須媚。不能此爲，窮賤勿辭。」這是要他記住「爭、佞、曲、圓、奸、媚」的做官六字訣。

元結聽完，冷然笑道：「不能此爲，乃吾之心。反君此言，我作自箴：與時仁讓，人不汝上。處世清介，人不汝害。汝若全德，必忠必直。汝若全行，必方必正。終身如此，可謂君子。」他說他要反庸俗的官場成功學而行，確立「仁、清、忠、直、方、正」六字箴言，當作自己的爲官準則。

出山後，在他人生的最後十餘年，他一直處在半官半隱的狀態。奉命到一個地方收拾殘局，待局面穩定了，他就上書告辭。隨後又奉命到另一個地方，收拾完殘局，他又毫不戀棧，轉身歸隱林下。如此反復。

唯一不變的是，遇到不仁不義之事，不管哪個妖孽作祟，他照例要罵個痛快。

唐代宗廣德元年（七六三），年底，元結被朝廷任命爲道州（治今湖南道縣）刺史。他是臨危受命，因爲道州剛剛被西原蠻劫掠，「賊散後，百姓歸復，十不存一，資產皆無，人心嗷嗷，未有安者」。但就在元結到任後，開始組織當地百姓恢復生產、保衛城邑的時候，奇葩的事發生了：朝廷對道州的劫厄不聞不問，反而三番五次發函催繳賦稅，不到五十天，各級就發來了二百餘封催稅牒。

元結怒了，寫下了著名的〈舂陵行〉一詩，詩中有句：

朝餐是草根，暮食仍木皮。
出言氣欲絕，意速行步遲。
追呼尚不忍，況乃鞭撲之！
郵亭傳急符，來往跡相追。
更無寬大恩，但有迫促期。
欲令鬻兒女，言發恐亂隨。
悉使索其家，而又無生資。
聽彼道路言，怨傷誰復知！
去冬山賊來，殺奪幾無遺。

所願見王官，撫養以惠慈。
奈何重驅逐，不使存活為！

遭遇戰亂和搶劫的百姓，日子已經慘到要嚼草根，吃樹皮了，但朝廷各級官吏不但不體恤，還要橫徵暴斂，濫施刑罰，這是要把人都逼上絕路呀。元結發出質問和感慨：「追呼尚不忍，況乃鞭撲之！」

在詩前小序中，元結寫道，面對各級頻繁地催繳賦稅，他這個地方官：「若悉應其命，則州縣破亂，刺史欲焉逃罪；若不應命，又即獲罪戾，必不免也。吾將守官，靜以安人，待罪而已。」要麼服從上級命令，逼死百姓，要麼抗命不執行，自己倒楣丟官。這是個兩難題，但對元結來說，不難選擇——寧可自己丟官，也不能害了百姓。

第二年，七六四年，西原蠻又攻永州，破邵州，但並未進入道州，可能覺得道州已經被吃乾榨盡，所以放過了這裡。元結於是寫下了〈賊退示官吏〉一詩，詩中說：

城小賊不屠，人貧傷可憐。
是以陷鄰境，此州獨見全。
使臣將王命，豈不如賊焉？

今彼征斂者，迫之如火煎。
誰能絕人命，以作時世賢！
思欲委符節，引竿自刺船。
將家就魚麥，歸老江湖邊。

山賊都因爲這裡沒有油水而放過道州了，但朝廷的使節還來催逼租稅，元結憤怒地罵道：你們這些朝廷命官，難道連土匪都不如嗎？你們再逼我，我就拋棄官印，歸隱垂釣而去，絕不當只顧政績、害死百姓的「時世賢」！

盜亦有道，而昏官無道，竟然想竭澤而漁，簡直禽獸不如。從中央到地方，充斥著人形妖孽，所幸元結從不在意自己的仕途，所以他隨時準備掛印而去，哪怕丟官，也要與這些非人的同僚抗爭到底。

朝廷最終同意減免了道州的租稅。

但元結的抗爭卻觸怒了元載、第五琦等當朝權臣，據晚唐人李商隱說，元結因「見憎於第五琦、元載，故其將兵不得授，作官不至達」。其間，他一度被免去道州刺史之職，後又復任。

在道州前後六年，元結仁心勤政，終於使百姓恢復了安居樂業的日子，並有能力上繳正常的租稅。離任時，當地人十分不捨，請求在州中爲他建立生祠，長久紀念。

伍

七六七年，在元結寫出〈舂陵行〉和〈賊退示官吏〉的三年後，五十六歲的杜甫讀到了這兩首詩。此時，距離他們一起被「野無遺賢」的騙局戲弄，已經整整過去了二十年。

二十年，唐朝由盛而衰的這兩名重要見證者，活成了兩條平行線。元結喝最烈的酒，罵最狠的話，為將為官，人生意外開掛；而杜甫顛沛流離，沉淪下僚，疾病纏身，如果不是因為寫詩，恐怕早已失去活著的勇氣。

他們平時沒什麼聯繫，對彼此的近況也不甚瞭解。但當杜甫讀到元結這兩首詩，他震驚了，可能還老淚縱橫。他立馬提筆寫了〈同元使君舂陵行〉一詩，詩前小序稱讚元結說：「今盜賊未息，知民疾苦，得（元）結輩十數公，落落然參錯天下為邦伯，萬物吐氣，天下小安可待矣。」大唐如果有十幾個像元結這樣的人出任地方官，那麼天下太平指日可待。可見杜甫對元結的治理能力十分認可和欣賞。

在〈同元使君舂陵行〉一詩中，人在夔州的杜甫一面為自己的衰老、貧病和漂泊而滿心感慨，為自己不能有所作為而傷懷；一面為元結不苟合世俗而能成大事，並寫出具有諷諫意義的詩歌而興奮，說元結這兩首詩可與秋月爭光，與華星同輝。

但寫完後，杜甫並未把他的詩寄給元結。他只是想寫出來，給懂他的人看到就足夠了。他或許只是欣慰而又悲傷地發現，自己一生想做而未能做到的事，都被元結做了。他那個「致君堯舜上，再使風俗淳」的理想，在仁政愛民、勇於諷諫的元結身上實現了。

那一刻的杜甫，從元結的詩裡看到了一個成功的自己。

而元結並不知道這一切，他甚至不知道杜甫讀過他的詩。

七六八年，他調任容州（在今廣西境內）刺史，相容管經略使，並授予容州都督職銜。時間不長，但政績頗豐，百姓感念。

七七二年，元結病逝於長安的旅館中，年僅五十四歲。此前兩年，五十九歲的杜甫病逝在湖湘間的一條小船上。

隨著時間推移，杜甫在後世的聲名越來越大，而那個被他認爲是「成功的自己的鏡像」的元結，卻漸漸被人遺忘。歷史總是這麼吊詭。

最後，請允許我列舉一下元結在詩文上的成就，希望我們都不要忘記這個與杜甫同時代人——他不僅個性鮮明，品行高潔，出口即是怒罵文章，出手就能挽救時局，而且還是唐代詩文發展史上一個承前啟後的關鍵人物。

他和杜甫一起，被認爲是唐代新樂府運動的先驅，有他們，然後才有元白詩派。他「以文爲詩」的詩歌寫作，深深影響了後來的韓孟詩派。可以說，中唐的兩大詩派都曾受元結的恩澤。

他也是古文運動的開路人之一，其散文創作對「唐宋八大家」之韓愈、柳宗元影響甚大。他的文章，被認爲「上接陳拾遺（陳子昂），下開韓退之（韓愈）」。清代大師章學誠說，「人謂六朝綺靡，昌黎（韓愈）始回八代之衰，不知五十年前，早有河南元氏爲古學於舉世不爲之日也，元（結）亦豪傑也哉」。

歷史上，如元結這般的文武全才，著實罕見。南宋葉適說，元結實有材用，論能扶世，政能便民，「唐時高品人物不過如此也」。

中國文人的理想狀態是「窮則獨善其身，達則兼濟天下」，元結一生同時做到了這兩點，堪稱古今典範。

讓我們一起記住這個「完美人物」：元結，字次山，河南人，唐代文學家、戰將、官員，生於七一九年，卒於七七二年。

孟郊
詩紅了，人沒紅

如果不是五十歲那年給母親寫了一首〈遊子吟〉，而又恰好被後世各種選本和教科書反復選用，並在感恩節、母親節等現代節日上被不斷吟誦傳唱……那麼，孟郊這個名字，大概沒有多少機會被寫出來或唸出來吧。

事實上，即便〈遊子吟〉家喻戶曉，幾乎人人會背，但大家對這首每年供自己用來感動母親的好詩背後的那個詩人，好像也沒有什麼瞭解的欲望。

要是活在當代，孟郊大約就是那種最委屈的歌星：歌紅了，人沒紅。

壹

七五一年，唐玄宗天寶十載，湖州武康（今浙江省德清縣）人孟郊出生了。天沒有降下什麼祥瑞，他母親裴氏也沒做什麼好意頭的夢境。只有一個略顯尷尬的年分。這意味著他的童年和少年，基本籠罩在一場名爲「安史之亂」的國家內戰之中。

盛唐的逝去，國家的動亂，影響的是整整數代人的精氣神。而孟郊這一代戰前出生的人，無疑是悲劇的第一代。

更慘的是，大概在孟郊十歲的時候，他那個在地方當小官員（昆山縣尉）的父親突然離開人世。在經歷年輕喪夫的劇痛之後，孟郊的母親裴氏擔起一人撫養三個小孩的重任。

歷史上由寡母撫養長大的孩子，似乎有一個優秀的成才傳統，從孟子而下，到范仲淹、歐陽修、海瑞，再到胡適，等等。孟郊也在這個成才行列裡面。作爲懂事的孩子，他對單親母親的感情不是常人所能理解的，這是他一輩子「聽媽媽的話」的主要原因。

因爲是家中長子，孟郊捨不得母親一人辛苦，所以當兩個弟弟長大後，他才外出漫遊，求取功名。據考證，孟郊眞正出外地，是在三十歲之後。三十歲之前，他的圈子主要是詩僧皎然在湖州組織的詩會，這影響了他一輩子。

雖然走的路不多，但他想得挺多。他面臨家國憂愁，從小就有大志。

他有治國平天下的理想：

壯士心是劍，為君射斗牛。
朝思除國讎，暮思除國讎。

他對自己的政治才能也有信心：

為水不入海，安得浮天波。
為木不在山，安得橫日柯。

他對自己的文學才華更是相當自負：

下筆證興亡，陳詞備風骨。
高秋數奏琴，澄潭一輪月。

他感覺自己的前途暢通無阻：

路喜到江盡，江上又通舟。
舟車兩無阻，何處不得遊。

可是，他還能這麼樂觀，僅僅是因爲現實給他的重擊還未陸續到來。這個從小吃苦長大的孩子，日後將以窮苦酸寒的詩歌，記錄下個人與時代的悲劇。

貳

大約四十歲那年，孟郊把家和母親託付給弟弟們，自己赴京城考取功名去了。很難想像，別人都是十幾、二十歲闖蕩京城，盛唐詩人王維二十一歲就考中進士，孟郊人到髮際線禿了又禿的年紀才進京。而這或許就是他孝心的表現：因爲是孝子，他年紀很大才捨得離開母親，遊學交友，增長見識；又因爲是孝子，他年紀這麼大還要聽媽媽的話，求取功名，躋身仕途。

先賢說「四十不惑」，但這個年逾四十的男子，到了京城卻蒙掉了。孟郊的摯友韓愈，寫過一首〈孟生詩〉，敘述孟郊七九二年在京城長安的樣子：

騎驢到京國，欲和熏風琴。
豈識天子居，九重鬱沉沉。
一門百夫守，無籍不可尋。
晶光蕩相射，旗戟翩以森。
遷延乍卻走，驚怪靡自任。
舉頭看白日，泣涕下沾襟。

竭來游公卿，莫肯低華簪。
諒非軒冕族，應對多差參。

大意是說，孟郊這個外省來的寒士，年紀老大不小了，雖然已經是頗有名氣的詩人，但在京城的交際場中卻舉止失態、不懂應酬，顯然是沒見過世面呀。在韓愈看來，孟郊是個自卑而又自傲的人，一方面不肯低下高貴的頭顱，另一方面又因爲四處碰壁而涕泣傷心。

在京城的孟郊，跟以前的樂觀自信判若兩人，他寫詩抱怨自己在長安無路可走：

盡說青雲路，有足皆可至。
我馬亦四蹄，出門似無地。

第一次科舉，黃了。他寫詩：

曉月難為光，愁人難為腸。
……
棄置復棄置，情如刀劍傷。

第二次科舉，又黃了。他寫詩：

一夕九起嗟，夢短不到家。
兩度長安陌，空將淚見花。

朋友考上了，他寫詩「祝賀」，卻寫成了自己的滿腹牢騷，估計朋友看了也無語：

誰言形影親，燈滅影去身。
誰言魚水歡，水竭魚枯鱗。
昔為同恨客，今為獨笑人。
舍予在泥轍，飄跡上雲津。
臥木易成蠹，棄花難再春。
何言對芳景，愁望極蕭晨。
埋劍誰識氣，匣弦日生塵。
願君語高風，為余問蒼旻。

長安落第後，孟郊去了東都洛陽附近的嵩山。根據史學家嚴耕望的考證，當時的嵩山一帶，跟毗鄰長安的終南山一樣，聚集了許多以隱居爲名釣取功名的讀書人，人一多，各種名師輔導班也辦起來了，五年科舉三年模擬。孟郊也到嵩山參加科舉培訓去了。

但第二次落第後，孟郊徹底放棄了，返回家鄉。也許是京城的氛圍，他人的鄙薄，社會的冷眼，讓這個四十多歲的兩度落榜生崩潰了。他已沒了早年治國平天下的偉大理想，有的是對不公遭遇、人情冷暖的沉痛悲歎。

他對功名已無興趣，然而，四十六歲那年他卻三度進京。神奇的是，這次他莫名其妙就考中了進士。韓愈後來說，孟郊「年幾五十，始以尊夫人之命來集京師，從進士試，既得即去」。原來這次進京是孟郊的母親裴氏讓他去的。整個世界，能讓孟郊改變主意的人，也只有他的母親了。

但中了進士，孟郊也並不留戀，「既得即去」，只是留下了一首詩的痕跡：

> 昔日齷齪不足誇，今朝放蕩思無涯。
> 春風得意馬蹄疾，一日看盡長安花。

孟郊這首〈登科後〉在後世的知名度，應該僅次於他的〈遊子吟〉，但歷來的詩評家對他這首毫不掩飾狂喜之情的詩多有批評。《唐才子傳》的作者、元朝人辛文房據此詩說孟郊「氣度窘促，卒淪爲薄宦，詩讖信有之矣」，譏諷孟郊不大氣，中個科舉就高興得失態了，後來在仕途上沒出息，在這首詩裡已經註定了。到了清代，詩評家依然說他「一日之間花皆看盡，進取得失，蓋一常事，而東野（孟郊字）器宇不宏，至於如此，何其鄙邪」。他們這麼鄙薄孟郊，是不知道這個年近半百的詩人被壓抑了多少年呀，也不知道他在文字中的揚眉吐氣，是因爲實現了母親的夙願呀。他們對詩人，缺乏同情之理解。

最主要的是，孟郊考中進士，完成母親的心願後，就返鄉了，並不留戀功名與繁華。「一日看盡長安花」，除了「看盡」，又何嘗不是「看透」呢？你品，你細品，就能品出詩人的本意，可能超越了後人所理解的得意狂喜，而是有一種空空的悲涼意味。

他這一生太難了，而且越活越難。

參

孟郊再次出現在世人面前，已經是四年後。根據他的從叔孟簡的說法，五十歲的孟郊依然是奉母命才出來做官的。

朝廷授予孟郊的官職是溧陽縣尉。這個職位跟他父親生前做過的職位一樣，官小位卑。唐朝一個縣的主要官員有縣令、縣丞、主簿、縣尉等，縣尉相當於是四把手了，負責具體政務的執行，俗務多，且煩瑣。

孟郊到溧陽上任後，第一件事就是把母親裴氏從老家接過來一起住。如今家喻戶曉的〈遊子吟〉，正是寫於此時：

慈母手中線，遊子身上衣。
臨行密密縫，意恐遲遲歸。
誰言寸草心，報得三春暉。

孟郊的母親是一個善良賢慧、堅毅果敢的女性，她不僅撫養了孟郊，獻出了所有的母愛，而且成爲兒子的精神支柱和動力來源。孟郊年過半百，才終於有能力把母親接到工作的地方一起住，但這寸草之心，又怎麼報答得了三春之暉呢？這首詩好就好在孟郊用最樸實的語言，寫出了母愛震撼人心的力量。清人宋長白說，孟郊這首〈遊子吟〉，言有盡而意無窮，足與李紳的「鋤禾日當午」一詩並傳於世。

然而，孟郊在溧陽做官做得並不開心。儘管他戰戰兢兢，「飽泉亦恐醉，惕宦肅如齋」，終究還是不能勝任這份天天與煩瑣事務打交道的工作。據說縣令遷怒於他，將他的月俸減半，孟郊過得更艱難了。

大約幹了四年後，孟郊辭職了。孟簡說：「東野（孟郊）既以母命而尉，宜以母命而歸。」說明孟郊出來遊歷以及最後爲官都是奉母之命，辭官不幹也是其母做主的結果。母親或許不忍見兒子當一個縣尉當得如此鬱悶，所以勸他不當好了。

辭官後，五十四歲的孟郊帶著家人和母親寄居東都洛陽，在那裡度過了他生命中最後，也是最慘的十年。

五十六歲時，經韓愈、李翺等友人推薦，孟郊出任水陸運從事，試協律郎。一聽就是很適合孟郊的閒差，所以孟郊也算有了一段較爲平靜的生活。但僅僅一年後，接踵而來的喪子之痛和亡母之悲，在五年間幾乎摧毀了孟郊的精神和身體。

根據韓愈的說法，年屆六旬的孟郊連喪三子，導致無後，晚景淒涼。一些史學家則考證，孟郊一生四個兒子全部夭亡，最大的一個僅活到十來歲。可以想像，孟郊是多麼的痛不欲生。看到早春一場嚴霜過後杏樹花苞一個個被打落，他寫了〈杏殤九首〉，哀悼兒子的早夭，眞是字字泣血。我錄其中兩首：

兒生月不明，兒死月始光。
兒月兩相奪，兒命果不長。
如何此英英，亦為吊蒼蒼。

甘為墮地塵，不為末世芳。
此兒自見災，花發多不諧。
窮老收碎心，永夜抱破懷。
聲死更何言，意死不必喈。
病叟無子孫，獨立猶束柴。
前一首說他的兒子跟月光相克，所以命不長。一個飽受痛擊的老詩人，恐怕也只能用天命來自我麻痹了。後一首說他的兒子死了，他這個病懨懨、骨瘦如柴的老頭兒，也就無後了。在古代，無後絕對是一個人最最錐心的痛。難怪後世很多詩人表示不喜歡讀孟郊的詩，因爲實在太苦，太痛了，令人讀後情緒低落到極點。

八〇九年，正月，在孟郊接連喪子之際，他一生最敬重的母親裴氏也辭世了。從這一年起，孟郊居家服喪，生活幾乎陷入絕境：窮蹙、饑餓、衰老、疾病、寒冷、孤獨……這時，他寫了〈秋懷十五首〉，是他生活和精神狀態的眞實寫照，簡直悲到極致，讓人不忍卒讀：

孤骨夜難臥，吟蟲相唧唧。
老泣無涕洟，秋露為滴瀝。

冷露滴夢破，峭風梳骨寒。
席上印病文，腸中轉愁盤。

秋至老更貧，破屋無門扉。
一片月落床，四壁風入衣。

老骨懼秋月，秋月刀劍棱。
纖威不可干，冷魂坐自凝。

老人朝夕異，生死每日中。
坐隨一啜安，臥與萬景空。

……

生命中的最後四、五年，孟郊基本處於絕望的狀態。

八一四年，唐朝宰相鄭餘慶出任山南西道節度使，聘孟郊爲參謀。老病纏身的孟郊最後振作了一下，攜妻赴任，不幸行到半路，暴疾而卒，享年六十四歲。

孟郊死後，其妻鄭氏無錢下葬。鄭餘慶出錢才完成他的葬禮，並負責贍養他的妻子多年。韓愈寫了墓誌銘，說孟郊卒後，「無子，其配鄭氏以告」。孟郊沒有兒子，是他的夫人鄭氏來報喪的。與孟郊同病相憐、後世並稱「郊寒島瘦」的詩人賈島寫詩〈哭孟郊〉：

身死聲名在，多應萬古傳。
寡妻無子息，破宅帶林泉。
塚近登山道，詩隨過海船。
故人相吊後，斜日下寒天。

雖然人死了，也沒有子嗣，只剩下寡妻，這是痛心徹骨的事，但你的聲名在，詩也在，而且必將萬古流傳。然而，賈島怎麼也想不到，孟郊生前艱辛，死後同樣「艱辛」。

肆

孟郊死後的千年時間裡，他的詩褒貶不一，經常不受待見，並遭到鄙薄和嘲諷。

從晚唐詩人司空圖開始說孟郊的詩沒意思，歷代的詩評家大多對孟郊的詩缺乏好感，評論用語也相當刻薄。比如嚴羽說，孟郊的詩跟李、杜比起來那就是「蟲吟草間」；翁方綱說孟郊的詩是「蚯蚓竅中蒼蠅鳴」；蘇軾喜歡豁達和樂觀的人，所以他對孟郊也無感，說他的詩就是「寒蟲叫」；元好問說，孟郊就是「高天厚地一詩囚」……

很多人可能看不出來，元好問封孟郊為「詩囚」是在貶抑他。人們習慣地以為，有個「詩×」外號的詩人一定被看得起，像「詩仙」、「詩聖」一樣，聽起來段位很高。但實際上，「詩囚」是說孟郊寫詩無法自由表達，要麼囿於形式，要麼囿於字詞，是一個囚徒狀態，離出獄還遠著呢。這就像你朋友人送外號「金剛狼」，很厲害的樣子，而你的外號「大灰狼」，這就沒什麼好嘚瑟了。

千年以來，孟郊的詩就處於這樣一種被貶抑的狀態中。歷代的詩評家說來說去就一個觀點，他的詩寫個人的愁苦，慘兮兮的，就跟個可憐蟲似的。

事實上，這是對孟郊最大的偏見和誤解。

別林斯基說過，偉大的詩人談著他自己、談著他的「我」的時候，也就是談著大家，談著全人類。孟郊那些痛入骨髓的詩，寫個人的悲哀，何嘗不是人類共同的悲哀？

他為人孤峭，不隨俗浮沉，老天於是把人生最痛苦的一切都給了他，多次落第、仕途不順、喪子無後、貧病交加、流離失所……但他把這一切吟唱成苦澀的歌聲，又何嘗不是對那個時代社會失序的一種批判？

你知道嗎？孟郊成長起來的大歷年間（七六六—七七九），恰好是唐詩新老交替的尷尬年代。那時候，盛唐大詩人王維、李白、高適、杜甫、岑參等人已相繼離世，而中唐的「扛把子」張籍、韓愈、劉禹錫、白居易、柳宗元、元稹等人才相繼出生。那時候，流行的詩歌出自「大曆十才子」，他們的詩文采華麗，但骨卑氣弱，粉飾太平，他們經常集結在權貴門下，投其所好，金圍玉繞。

孟郊不是不知道，學習大曆十才子的調調，他的文字就值錢了，他也不用整日苦哈哈的。但他就是不屑啊，史書說他「一貧徹骨，裘褐懸結，未嘗俯眉為可憐之色」，他就是這樣的耿介啊。

他知道那個時代，「惡詩皆得官，好詩空抱山」。

他知道像他那樣苦吟，「以詩為活計，從古多無肥」。

他也知道自己的現實處境，「本望文字達，今因文字窮」。

但是，他就是不從俗，「萬俗皆走圓，一身猶學方」。他不做圓滑之人，不寫圓滑之詩，他要做有棱角的人，寫有棱角的詩。

他苦苦吟唱，寫下古樸、奇險、艱澀的詩句，要以與眾不同的詩風，開闢新的詩派。這就是他的野心。

他一生在官場混不好，生活也一團糟，但他有他永恆的、不變的追求。他寫出來的詩，換不了錢，升不了職，甚至也不受後世待見，但在當時，他卻實實在在影響了一批人。

韓愈比孟郊小十七歲，雖然他後來的官位和文壇地位比孟郊高，但他本人一直對孟郊十分折服，並深受孟郊詩風的影響。他曾寫詩說：「我願身爲雲，東野變爲龍。四方上下逐東野，雖有離別無由逢。」以「雲從龍」的姿態，表示願意追隨孟郊，向他學習。時人也普遍認同「孟詩韓筆」的說法，即孟郊的古詩一流，韓愈的古文一流。

在孟郊的影響下，中唐的詩壇擺脫「大曆十才子」的靡靡之音，發展出了全新的詩歌風格。孟郊之後，韓愈的豪放，賈島的瘦硬，李賀的奇詭，紛紛崛起於詩壇，繼盛唐之後掀起了唐詩的一個高潮。以孟郊、韓愈爲核心的「韓孟詩派」，是與「元白詩派」並駕齊驅、相互抗衡的中唐兩大詩派之一。從這個意義上看，這些人中，年紀最大、成名最早的孟郊，相當於是召喚並催生詩歌革新的「中唐陳子昂」。他的地位無可取代。

不僅如此，眞實的孟郊也從未像後世詩評家說的那樣，僅局限於抒寫他個人的淒慘和苦悶。他的詩歌範圍其實很廣，由於他個人的悲慘遭遇，一直處於窮苦酸寒的狀態，所以他對社會的底層向來抱有深切的同情和認同感，對社會風氣的變壞也有深刻的觀察和揭露。用聞一多的話來說，孟郊詩歌的特點一是「寫實」，二是「敢罵」。說得再形象一點，孟郊就是一個犀利版杜甫。

他關心社會最底層的人，爲他們發聲：

寒者願為蛾，燒死彼華膏。
華膏隔仙羅，虛繞千萬遭。
到頭落地死，踏地為遊遨。
遊遨者是誰，君子為鬱陶。

那些受凍餒的老百姓，爲了得到片刻溫暖，居然願意變爲飛蛾，撲向富貴人家的燈燭，這是怎樣生不如死的慘痛！然而更慘痛的是，富貴人家的燈燭都被紗羅阻擋，就算你變成飛蛾，千萬次飛越也無法挨近燈火啊。最終碰得頭破血流，落地而死，死後還要被那些正在跳舞嬉戲的權貴踐踏在腳下。你看，這不就是杜甫的「朱門酒肉臭，路有凍死骨」嗎？

他寫中唐時期的戰爭，奪去了多少無辜人民的生命，製造了多少荒無人煙的城郭：

兩河春草海水清，十年征戰城郭腥。
亂兵殺兒將女去，二月三月花冥冥。

千里無人旋風起，鶯啼燕語荒城裡。
春色不揀墓傍株，紅顏皓色逐春去。

他寫他生活的時代，世道開始變壞，虛僞、虞詐、澆薄的世風讓他幾乎破口大罵：

獸中有人性，形異遭人隔。
人中有獸心，幾人能真識。
古人形似獸，皆有大聖德。
今人表似人，獸心安可測。
雖笑未必和，雖哭未必戚。
面結口頭交，肚裡生荊棘。

他一生沉淪，尤其是多次科舉落第，飽受親鄰冷眼，所以他痛恨這樣的世風，卻不願自己變成那副討厭的樣子：

有財有勢即相識，無財無勢同路人。

因知世事皆如此，卻向東溪臥白雲。

正如聞一多所說，孟郊是眞正繼承發揚了杜甫寫實精神，並爲寫實詩向前發展探出一條新路的詩人：「孟郊是以畢生精力和親身感受作詩向封建社會提出的血淚控訴，他動人的力量當然要超過那些代人哭喪式的純客觀描寫，它是那麼緊緊扣人心弦，即使讓人讀了感到不快，但誰也不能否認它展開的是一個充滿不平而又是活生生的有血有肉的眞實世界，使人讀了想到自己該怎麼辦。」

苦難出詩人。這種批判現實的力量，絕對不是一輩子錦衣玉食的詩人寫得出來的。像杜甫一樣，孟郊終生流離顚沛，窮病纏身，胸懷苦悶，偃蹇平生，而他的詩，同樣有穿透時空的感染力，值得後世致敬。眞的，孟郊是一個被嚴重低估的詩人。

寫這麼多，只是想告訴大家一個眞實的孟郊。那個寫出〈遊子吟〉的詩人，不應該被誤解，更不應該被無視。希望你下次讀到「誰言寸草心，報得三春暉」的時候，會想起他的名字，他的遭遇，他的孤獨，他的堅守，他的犀利，以及他的一切。

元白

千年來最感人的生死之交

白居易與元稹，是因爲一場考試認識的。

那一年，白居易二十九歲就考中進士，自稱「十七人中最少年」，同年登第的人中就他最年輕。元稹更牛，二十三歲中進士，並在八年前就考中了明經。當時雖有「三十老明經，五十少進士」一說，但元稹十五歲明經及第，也算是年少有爲了。在唐代，僅僅考中明經或進士不能授官，還要通過吏部銓試才能正式入仕，就跟現在公務員考試一樣，面試才決定成敗。

元、白二人都在長安孜孜不倦地備考，於貞元十八年（八〇二）同時取得官職，被正式授爲秘書省校書郎，終於不用再忍受「京漂」生活。

元、白志同道合，是生活中的摯友，更是文學和政治的知己。

此後，他們一同吟詠風雅、走馬行獵，流連於秦樓楚館，醉飲於長安酒肆，三十年間唱和不斷，在宦海浮沉中相互扶持，一同抨擊權貴豪強，一同發起新樂府運動，開啟了一段千古傳誦的友誼。

壹

元、白親密無間，用元稹的話說，是「堅同金石，愛等弟兄」。

白居易的母親去世時，元稹儘管財力不寬裕，卻慷慨地寄錢接濟，幫窮困潦倒的白居易辦喪事，前後金額超過二十萬錢。白居易感激不盡，寫詩曰：「三寄衣食資，數盈二十萬。豈是貪衣食，感君心繾綣。念我口中食，分君身上暖。」

元和十年春，他們同在長安，和其他朋友結伴遊玩，一路上走了二十里，兩人連連吟誦，一直沒停過，其他幾個人都插不上嘴。

長慶三年，兩人都被貶在外，在杭州久別重逢，於是並床三日，暢談平生。之後，他們分隔兩地，經常將寫給對方的詩作藏於竹筒中寄出，稱之爲「詩筒」。

他們都有坎坷的童年，更加懂得對方年少時的艱辛，也切身體會過民間疾苦。

元稹年幼喪父，其母鄭氏年輕守寡，挑起了家庭的重擔。元稹還要時常忍受兩個異母兄長的歧視，甚至被迫搬出了位於靖安坊的老宅。由於家貧請不起老師授業，元稹的母親親自手執詩書，誨而不倦。鄭氏去世後，白居易受元稹所託爲她寫了一篇墓誌銘，像對待自己的母親一樣，用眞實感人的文字講述她辛苦持家的往事，從中也可見元、白的兄弟情誼。

元稹十五歲就考中明經，不僅是因爲才氣非凡，也是因年少處境困窘激發了他的上進心。少年的他已經心懷杜甫「安得廣廈千萬間」的抱負，在詩中寫道「憶年十五學構廈，有意蓋覆天下窮」。他是這麼想的，也是這麼做的。

白居易出生於一個家道中落的官僚家庭，少年時輾轉各地四處謀生，在兵荒馬亂中艱難成長。他在考中進士前，曾在〈望月有感〉一詩中如此描述自己的生活：

時難年荒世業空，弟兄羈旅各西東。
田園寥落干戈後，骨肉流離道路中。
吊影分為千里雁，辭根散作九秋蓬。
共看明月應垂淚，一夜鄉心五處同。

白居易的才華也非天賜，而是多年勤奮苦讀的成果。他在給元稹的信中說過，自己爲了考中進士，白天練寫賦，晚上學書法，讀書讀到口舌生瘡，寫字寫到手臂和胳膊肘上都生了老繭，身體未老先衰，發白齒落。

貳

貞元二十一年（八〇五），唐順宗聽從王伾、王叔文等士大夫的建議，推行「永貞革新」，意欲打擊藩鎮和宦官勢力，這一改革僅僅持續了三個多月就以失敗告終。以二王、劉禹錫、柳宗元等爲代表的永貞黨人被貶出朝，甚至被迫害致死，唐順宗也被迫禪位於兒子唐憲宗。

作爲剛剛踏入仕途的晚輩，元、白都堅定地支持永貞革新，同情敢於以身犯險的「二王八司馬」，並爲之鳴不平。元稹還把此前直詞落第之人的策文抄寫後放在身邊，日夜翻讀。白居易打趣說：微之（元稹字），你篋中有不祥之物。這些人都是因爲得罪權貴而被迫遠離朝政，元、白卻深深佩服他們。

元、白在應制舉前，曾退居華陽觀中，「閉戶累月，揣摩當代之事」，合作撰寫了七十五篇策論，編爲《策林》。這些文章表明了元、白仁政愛民的政治思想，都具有深刻的現實意義，放在今天絕對是爆文。

兩個年輕人直筆書寫天下不平之事，痛斥宦官專權、藩鎮割據，提出懲治貪腐，求賢選能，體恤百姓，其政治主張上至整頓朝綱，下至輕傜薄賦。

在永貞革新的餘波中，對現實的批判成爲元、白早期政治生涯的共同底色，也影響了他們的詩歌創作，於是有了著名的新樂府運動。新樂府運動主張以詩「補察時政」「泄導人情」，元、白是這場詩歌革新運動當之無愧的領袖。

清人趙翼評價說：「中唐詩以韓、孟、元、白爲最……元、白尚坦易，務言人所共欲言。」

在白居易看來，文學家應該心憂天下，時刻關心時事，關注社會，文壇不能只有風花雪月，而沒有民生疾苦。在寫給元稹的那篇著名的長文〈與元九書〉中，白居易對新樂府運動做了總結，喊出了那句震古鑠今的口號：「文章合爲時而著，歌詩合爲事而作。」

自考中制舉任盩厔（今陝西周至縣）縣尉起，到在京擔任諫官的十餘年間，白居易就寫了一百多首諷喻詩，幾乎每一首都語言犀利，鋒芒畢露。

三十五歲時，白居易第一次出任地方官，在盩厔縣親眼看到農民冒著五月的酷暑辛苦勞作，卻仍要忍饑挨餓，寫下〈觀刈麥〉一詩：「復有貧婦人，抱子在其旁，右手秉遺穗，左臂懸敝筐。聽其相顧言，聞者爲悲傷。家田輸稅盡，拾此充饑腸。」

回京後，白居易官拜左拾遺。這一職務負責「言國家遺事，拾而論之」，也就是平時朝廷有什麼弊政，白居易就要直言上書。這個吃力不討好的諫官之職，著實適合白居易。在京期間，白居易一直悲憫地審視著那個時代，他深愛著大唐的人民，揭示民間疾苦的方方面面，訴說當時百姓內心的悲憤。

白居易說，他執筆寫作，是「爲君、爲臣、爲民、爲物、爲事而作，不爲文而作也」。

〈杜陵叟〉一詩中，那位家住在長安郊外的老農，年復一年地耕作薄田，那年收成不好，官吏們卻還橫徵暴斂，逼著他交納租稅。農民沒辦法，只好抵押自家的桑樹，出賣自家的土地，來換取些許錢財來交租。此中滋味，真是「剝我身上帛，奪我口中粟。虐人害物即豺狼，何必鉤爪鋸牙食人肉」？

〈賣炭翁〉一詩中，宦官掌控的「宮市」更是明目張膽地搶劫。幾個宦官將那位燒炭老翁的一車千斤重的木炭公然拉走，還裝模作樣地表示一下，「半匹紅綃一丈綾，系向牛頭充炭直」。那位可憐的賣炭翁，「滿面塵灰煙火色，兩鬢蒼蒼十指黑」，「可憐身上衣正單，心憂炭賤願天寒」，如今又該怎樣度過寒冬呢？

白居易就這樣直言不諱地揭露時弊，十餘年間，幾乎把滿朝的權貴都得罪了一遍。後來他寫信告訴元稹，他辛辣的諷刺讓權貴們恨得咬牙切齒：「聞〈秦中吟〉，則權豪貴近者相目而變色矣。聞〈樂遊原〉寄足下詩，則執政柄者扼腕矣。聞〈宿紫閣村〉詩，則握權要者切齒矣。」

參

元稹不落下風，在京為官時也寫了不少現實主義的詩篇，憤世嫉俗，哀歎民生，如〈田家詞〉、〈織婦詞〉、〈西涼伎〉等。元、白相互影響，詩歌創作風格不盡相同。陳寅恪先生認為，「白以簡單曉暢為尚。若微之詩，一題數意，端緒繁雜」。但在與權貴的鬥爭中，元稹卻比好友白居易更加簡單粗暴。

元和四年（八〇九），元稹任監察御史，奉命出使劍南東川，平反了一些冤假錯案，甚至將矛頭指向了當時的劍南節度使嚴礪。嚴礪一家人當年護駕有功，深受皇帝信任。但嚴礪在任時，為人貪殘，士民不堪其苦，他以平叛為由，徵收塗山甫等八十八家資產、奴婢為己用，又借朝廷之名，向農民多徵收兩、三年的課租。很多被害者控告無路，只好流亡他鄉。

元稹到劍南後，親身訪問受壓迫的百姓，爲他們申冤。這些被嚴礪欺壓多年的受害者一時間紛紛向元稹訴苦，「蠻民詀諵訴，齧指明痛癏。憐蠻不解語，爲發昏帥奸」。

之後，元稹上書彈劾當地官員擅自搜刮百姓莊宅、奴婢和錢糧，要求他們將抄沒的歸還本主，被賣掉的亦贖回歸還，加徵的錢、米、草等嚴令禁止，並榜示鄉里，讓百姓知曉。

當時藩鎮已經尾大不掉，朝廷只能盡力緩和矛盾，於是下詔，除了已於當年去世的嚴礪不再追究，其屬下一幫官吏各罰兩個月俸祿。元稹的大膽舉措讓白居易爲之讚歎：「其心如肺石，動必達窮民，東川八十家，冤憤一言伸。」

有道是木秀於林，風必摧之。元、白對宦官、藩鎮深惡痛絕，而這些權貴、豪強也對他倆心生忌憚，早想找機會整他們。第二年，元稹途經華陰縣（今陝西華陰市）的敷水驛回京，就被宦官打了一頓。

敷水驛只有一個正廳，元稹先到，就在廳內歇息。正好仇士良爲首的一夥宦官也來到驛站，他們見元稹沒有讓出正廳，也沒有出來迎候他們，登時大怒，一夥人將元稹趕出來。元稹雙拳難敵四手，要打也打不過，穿起襪子就跑。宦官不依不饒，拿出馬鞭直接朝元稹的臉上狠狠抽打。這就是「敷水驛事件」。

事情發生後，宦官惡人先告狀，眾多大臣都爲元稹辯護。很多人看到這裡，都覺得元稹在理吧，可唐憲宗不這麼想。當時宦官氣焰囂張，皇帝也不敢得罪，於是顛倒黑白，認爲元稹有罪，貶到江陵。

白居易得知此事，趕緊上疏勸諫，爲好兄弟求情，說元稹爲監察御史時，所彈劾的都是天下藩鎮，這些人皆怨恨元稹，將他貶到地方，不是羊入虎口嗎？唐憲宗哪裡聽得進去：白居易你就別廢話了。

元稹被貶那天，白居易在長安街中相送，兩人在馬上道別，這是他們第一次離別，也是理想道路上的一大挫敗。江陵之貶，使元稹開始對自己所奉行的正義失去信心，此後十餘年幾乎都過著困頓的貶謫生活。他認爲，自己此次出京是負氣而行，說：「我雖失鄉去，我無失鄉情。慘舒在方寸，寵辱將何驚。」（〈思歸樂〉）

肆

相似的命運幾年後降臨在白居易身上。

元和十年（八一五），宰相武元衡在長安城中遇刺身亡，刺客逃之夭夭。武元衡爲相時，正加緊部署討伐叛逆藩鎮，其被刺原因不言而喻。堂堂大唐宰相當街被刺，讓「憤青」白居易怒不可遏，他一展諫官本色，事發不久後就上書議論捕殺刺客一事。白居易此時的官職是太子左贊善大夫，有點兒算越職言事，但還不至於被治罪。

可是，平時對白居易不滿的宦官和權臣們總算逮著機會了，他們趁機抓住白居易不久前守孝期滿的情況，不僅指責他越職言事，還誣陷他有不孝之罪，聲稱白母是因看花墜井而死，白居易卻還寫〈賞花〉和〈新井〉兩首詩，實在有傷名教。在封建禮教的思想禁錮下，不孝是大罪。更別說白居易還是東宮屬官，有教導太子的責任，這下就成大罪人了。

白居易不孝的罪名本就是冤枉，而他的對手們早已準備了一套組合拳。宰相韋貫之上書，請將白居易貶到邊遠之地當刺史，中書舍人王涯不忘落井下石，說白居易不宜當地方長官。最後朝廷一拍板，把白居易貶爲江州司馬。

白居易被貶江州，絕不是因爲這些荒唐的理由，而是他的政敵們與他這麼多年的積怨終於找到了爆發點，白居易的每一首諷喻詩，每一次秉筆直書，都像刀子一樣刺痛他們的心。白居易也知道，自己不過是「始得名於文章，終得罪於文章」。

從此以後，那個仗義執言的鬥士逐漸遠去，取而代之的是一個悠然自得的「老幹部」，開始追求佛老之學，遠離官場險惡。〈琵琶行〉中那位孤獨寂寞的琵琶女，或許就是白居易本人的化身，一個被侮辱、被損害的悲劇形象。「座中泣下誰最多？江州司馬青衫濕。」

白居易被貶江州時，元稹正在通州爲官，不久前生了一場重病，到了要預備後事的地步，把遺囑都寫好了。聽到好友被貶，病榻上的元稹憤懣難平，寫下了這首讓人讀之心酸的〈聞樂天授江州司馬〉：

殘燈無焰影幢幢，此夕聞君謫九江。
垂死病中驚坐起，暗風吹雨入寒窗。

這一對好友幾經周折，直到元和十四年（八一九）才因官職調動而在夷陵（今湖北宜昌）不期而遇，當時他們已五年不見。元、白二人喜出望外，元稹本來乘船順流而下，特意返程與白居易登陸一遊，賦詩唱和，三天後才依依不捨地分別。

那一段時間，元稹情緒低落，感慨「前途何在轉茫茫，漸老那能不自傷」（〈酬樂天歎損傷見寄〉）。他就像很多人到中年仍一事無成的失意者，不知自己前路在何方。白居易卻勸元稹看開一點，該來的總會來，「高天默默物茫茫，各有來由致損傷」。（〈寄微之〉）

這一唱一和，彷彿正是元、白此後人生的眞實寫照。

伍

元、白二人後半生的轉變，或許正如陳寅恪先生所說，白樂天之精神，一言以蔽之曰「知足」；元稹卻是「達則濟億兆，窮亦濟毫釐」。（〈酬別致用〉）

白居易漸漸忘記了理想，他身在宦海之中，由積極進取、兼濟天下轉爲與世無爭、獨善其身，不復當年銳氣。

可元稹沒忘，他還想重回朝中，還想實現自己的抱負。唐穆宗即位後，他的機會終於來了。這個機會來得並不光彩，元稹再度入朝爲官，得到唐穆宗重用，首先是因爲宦官崔譚峻的幫助，剛好穆宗喜歡元稹的詩，是他的小粉絲，宰相段文昌等也因其諫諍直行之名而進行舉薦。結交宦官最爲士大夫所不齒，更何況元稹本人曾經與宦官鬥爭，當年被貶正是因爲惹怒了宦官，現在卻轉而尋求宦官幫助，確實有損氣節。

有一天，元稹與中書舍人武儒衡等同僚聚在一起吃瓜，有一群蒼蠅飛過來。武儒衡鄙視元稹依附宦官，拿出扇子一邊揮，一邊趕蒼蠅，說：「從哪兒跑來的，插足這裡。」眾人頓然失色，都知道他在諷刺元稹。

呂思勉先生還對此事有過評價，「唐人務於進取，有捷足者，每爲人所妒忌」，武儒衡「即此等見解」。

元稹出賣自己的操守，也因此實現了自己的理想，但是，只有短短四個月的時間。長慶二年（八二二）二月，元稹拜相。史書載，「詔下之日，朝野無不輕笑之」。四個月後，元稹就因捲入宦官與朝官的黨爭而被貶出朝，他提出的政策也全部付之東流。

此時的元稹，不但掌控不了自己的命運，甚至連自己的名聲也保不住了。

儘管他在地方政績頗佳，做了很多利國利民的好事，但當他七年後再度入朝，身居要職時，眾臣卻以他「素無檢操，人情不厭服」加以排擠，致使他第四次被貶，從此再也無法重返廟堂。

陸

大和三年（八二九），元稹途經洛陽，見到了白居易。

臨別之時，白居易大醉一場，為元稹寫詩：「灃頭峽口錢唐岸，三別都經二十年。且喜筋骸俱健在，勿嫌鬚鬢各皤然。」（〈酬別微之〉）白居易在詩中依舊鼓勵元稹要有所作為，哪怕鬚髮皆白，還有筋骨健在。

誰也沒有意識到，這是他們最後一次見面。

元、白早已不再年輕，已不是三十年前在華陽觀中指點江山、激揚文字的有志青年，他們想改變中唐以來衰頹的社會、腐敗的朝政，卻碰了一鼻子灰，換來無休止的貶謫和打壓。

此時，白居易已經遠離中樞，在洛陽擔任閒職，終日以詩、酒、山水自娛，更愛蓄養能歌善舞的家伎。有詩云：「櫻桃樊素口，楊柳小蠻腰」，樊素與小蠻是美女的名字，她們都是白居易的家伎。

當白居易屢遭貶謫，意識到自己爭得頭破血流，也改變不了世界時，他不得不急流勇退，向現實妥協，一頭紮進了閒適的半退休生活。在洛陽，白居易不再寫諷喻詩，不再抨擊權貴，而是自嘲為「中隱」。

白居易變了，一個人拋棄自己的青春時，連聲招呼都不打。

柒

大和五年（八三一），元稹病逝於貶所。噩耗傳到洛陽時，白居易悲不自勝，哀痛許久後，他撰寫多篇詩文哀悼摯友。元稹臨終前囑託白居易爲他撰寫墓誌銘，其家人還準備了七十萬錢作爲答謝，但白居易推辭不受，後來請求把這筆錢用於修繕香山寺。

在〈祭微之文〉中，白居易回憶與元稹「金石膠漆，未足爲喻」的三十年情誼，甚至說元稹已逝，自己也不願久居人世：「多生以來，幾離幾合，既有今別，寧無後期？公雖不歸，我應繼往，安有形去而影在，皮亡而毛存者乎？」

這，就是眞正的生死之交。

元稹去世多年後，白居易仍然不斷寫詩追思摯友，對他的感情至死不渝。六十九歲時，白居易夢到與元稹同遊，醒來後寫下了〈夢微之〉，其中寫道：「君埋泉下泥銷骨，我寄人間雪滿頭。」

或許，年逾古稀的白居易，懷念的不僅是元稹，還有他們曾經一同開創一代詩風的新樂府運動，以及那段胸懷理想的青春歲月。那年長安城中執筆爲民的年輕詩人，從未離去。

李賀

我在大唐國家司儀館寫詩

一個詩人死後，爲了論證他是仙是鬼，中國文壇各路高手隔空吵了一千多年。這是歷史上絕無僅有的奇觀。

他們爭吵的對象，是僅活了二十七年的傳奇詩人李賀。

一派人說李賀是鬼才：

太白（李白）仙才，長吉（李賀）鬼才。——宋祁

李白為天才絕，白居易為人才絕，李賀為鬼才絕。——錢易

另一派人說李賀不是鬼，是仙，至少也是鬼仙：

人言太白仙才，長吉鬼才，不然。太白天仙之詞，長吉鬼仙之詞耳。——嚴羽

李家自古兩詩仙，太白長吉相後先。——姚勉

說到最後，沒打起來。因爲大家其實都喜歡李賀的詩，都不願看到他的詩名被埋沒。從晚唐的李商隱開始，千餘年來，學李賀的詩人絡繹不絕，代有人出。到了元朝，更是達到極盛，無論大詩人還是小文人，都以學習李賀詩爲榮。明清以後，徐文長、龔自珍等大牛也都深受李賀詩風影響。

李賀的詩被命名爲「長吉體」，學習李賀的這一派，被稱爲「長吉詩派」。這都成「注冊商標」了。南宋大詩人陸遊說，曹植、李白、李賀這三個人，「落筆妙古今，冠冕百世」。豈一個牛字了得！

壹

李賀這麼牛，到底是什麼來頭？

陸遊說李賀出身貴族，是皇族王孫。李賀在世時，也經常說自己是「唐諸王孫」。見人打招呼，他總是自稱「隴西李賀」。這個身分當然是眞的，李賀的祖上是唐高祖李淵的叔父李亮。問題是，傳到李賀這一代，皇族血脈已經十分疏淡了。

李賀空頂著一個高貴的族望，實際上是一介布衣寒士。

他自小理想遠大，想要建功立業，出人頭地。在詩中，他常把自己稱爲「劍俠」、「壯士」，

也常把自己比喻為駿馬。實際上，見過李賀的人，都說他一點兒也不壯，一點兒也不俊。

根據描述，李賀長相奇特，身材細瘦，長長的指甲，大大的鼻子，兩道眉毛很粗，還連在一起，頭髮未老已白。他還多愁，多病。儘管他內心有一個巨大的能量場，但年紀輕輕，表現出來卻是一副病懨懨的樣子。

在當時，沒有人相信這樣一個貌醜體弱的少年，將會改寫唐詩的格局。除了他的母親。李賀的母親並不知道她的兒子有多天才，但她知道她的兒子有多拼。十幾歲的時候，李賀每天別著一個破錦囊，騎著一頭瘦瘦的毛驢，早出晚歸。一路都在苦思冥想好詩句，遇有所得，趕緊記下來，投入錦囊。晚上回來後，再挑燈整理。他母親看到他回來，錦囊裡字條很多，就又氣又心疼地說：「兒啊，你是要把心都嘔出來才甘休嗎？」

李賀也寫過自己多年抱病，拼命苦讀的情景。「楞伽堆案前，楚辭系肘後」。他喜歡的書堆滿案頭，最愛的《楚辭》出門也帶著，捨不得放下。「緗縹兩行字，蟄蟲蠹秋芸。」這是說，自己讀書讀得兩眼昏花了。

後來人稱讚李賀「天縱奇才，驚邁時輩」，其實啊，這世上真的沒有天才。如果有，一定是百分之一的天分，加上百分之九十九的勤奮淬煉而成。

貳

李賀生得不是時候。他大約出生於七九〇年，略顯尷尬的中唐時期。

從七五五年安史之亂爆發後，詩歌的盛唐氣象就已遠去。進入中唐，安史之亂雖已平息，但遭受重創之後，整個唐王朝的精神風貌都發生了重大改變。

一個突出表現，是唐詩大腕的隕落。這是一份大師逝去年表：七六一年，王維逝世；七六二年，李白走了；七六五年，高適去世；七七〇年，杜甫和岑參相繼離去……這些支撐盛唐詩壇的巨擘，在李賀出生前二、三十年，均已作古。從此再無盛唐。

而跟李賀同時代的大詩人，我們可以列舉幾位的出生年分：七五一年，孟郊出生；七六八年，韓愈降生；七七二年，白居易來了；七七九年，元稹也來了……可以看出，當李賀開始正式寫詩的時候，這些比他大十幾甚至二、三十歲的詩人們，要麼已名滿天下，要麼即將名滿天下。

李賀的尷尬，就在這裡。

時代如此不堪，一直在往下走。而詩人賴以情緒表達的詩歌，無論何種體裁、何種題材、何種風格，都被前人或同時代的大齡人寫得沒有餘地了。山水田園詩，王維之後，誰還敢寫？邊塞詩，高適和岑參之後，基本可以宣判死刑。通俗寫法，白居易和元稹，已經寫成萬人迷了。怪咖寫法，韓愈和孟郊，也早玩到了巔峰。還有一仙一聖，李白杜甫，形同兩座大山，聳入雲端。

李賀之前，唐詩的天空，燦若繁星，一顆就是一個大詩人。要讓別人在這麼多的星星點點中一眼就認出自己，李賀只能另闢蹊徑，讓自己的詩與眾不同。他急切地思考怎樣才能讓自己的詩變得唯一：前人不曾涉及，後人難以複製。

「尋章摘句老雕蟲，曉月當簾掛玉弓」。史書說他日夕吟詩，鬢髮斑白。

十八歲那年，他已經自信找到了自己在唐詩中的位置，而且是獨一無二的位置。他背上行囊，也許騎著那頭瘦驢，出發去東都（洛陽），去找一個人。

參

李賀準備去找的人，叫韓愈。韓愈是中唐文壇的宗主，後來被蘇軾譽爲「文起八代之衰」。此人耿直，講義氣，提攜幫助了一撥困苦而有才的詩人。李賀相信韓愈也能夠發現自己的詩才，並爲自己揚名。

唐人張固在他的《幽閒鼓吹》一書中，詳細記錄了這次極富戲劇性的會面。

李賀帶著自己精選的詩，求見國子博士韓愈時，韓愈已經忙了一整天，又睏又累。門人把李賀的詩呈上，韓愈一邊脫官服，一邊看：

「黑雲壓城城欲摧，甲光向日金鱗開。」這是什麼操作，一來就寫兩軍對壘，戰事一觸即發。韓愈被鎮住了，趕緊往下看。

「角聲滿天秋色裡，塞上燕脂凝夜紫。」這是秋風中的一場慘烈夜戰，軍號震天，碧血橫飛。韓愈心中暗自叫了句「好詩呀」。

「半卷紅旗臨易水，霜重鼓寒聲不起。」看來我軍的戰勢不妙，但是援軍正在趕來，準備渡過易水。「霜重鼓寒」，夜裡的寒意，侵蝕得鼓聲很低悶。這麼新穎的用詞和搭配，看得韓愈嘖嘖不已。

「報君黃金台上意，提攜玉龍爲君死。」爲什麼這麼多戰士手提寶劍，勇於赴死？爲的是報答君王的知遇之恩啊。結尾，相當正能量。

「快請李賀進來！」韓愈趕緊重新穿上官服，讓門人把十八歲的李賀請進來夜談。

有一種說法，韓愈唯讀到前兩句，就催促門人把李賀請進來了。

這首〈雁門太守行〉，從此成爲李賀的成名作。而韓愈，則是第一個發掘並提攜李賀的人。很快，李賀的詩名傳遍天下。

雖然年齡、資歷都相差很遠，但韓、李二人在感情上均與社會流俗格格不入，他們在詩歌見解上的投合，使他們成爲莫逆之交。

就在這一年，李賀的父親李晉肅病逝。李賀返鄉守喪。其間，韓愈曾約上另一個大咖皇甫湜去看望他，並當場給李賀出了個詩題〈高軒過〉，算是考驗這個年輕人的當場作詩能力。

李賀不愧是奇才，洋洋灑灑一詩篇，又把二人鎮住了。在〈高軒過〉的結尾，李賀抒發了自己的處境與抱負：

龐眉書客感秋蓬，誰知死草生華風。
我今垂翅附冥鴻，他日不羞蛇作龍。

我現在是枯草遇上春風，將來還要小蛇化成大龍。

韓愈感受到詩人的內心力量和追求，不禁想起自己年少時由寡嫂辛苦撫養長大的苦日子，頗多感慨。

「年輕人，除下喪服後，去考個進士吧。」韓愈說。

肆

李賀來了，又走了。落寞不已，鬱悶至極。

二十歲那年，他參加河南府試，作了一組詩〈十二月樂詞並閏月〉，被譽為應試詩的上乘之作。明朝人評價他這組詩說，「二月送別不言折柳，八月不賦明月，九月不詠登高，皆避俗法」。可見無論在什麼情境下，李賀寫詩，都在苦心孤詣追求創新，絕不落入前人窠臼。他也因此獲得考官青睞，通過府試，當年冬天入長安參加禮部考試。

就在人生即將轉運，李賀躊躇滿志的節骨眼上，他突然被告知：身分不合格，禮部考試沒你份兒。理由是，有人舉報李賀死去的父親李晉肅的「晉」字，與進士的「進」同音同義，應避家諱不能進考場。

野史記載，舉報人是白居易的好友元稹。據說，元稹很喜歡李賀的詩，一日專程上門拜訪，但因爲元稹是明經出身，當時的人看不起考明經的，說「三十老明經，五十少進士」，李賀遂不肯見面。元稹因此由粉轉黑，並記恨在心，逮住機會報復。不過，朱自清經過論證指出，元稹不可能舉報李賀。

李賀被除名後，韓愈十分氣憤，專門寫了著名的〈諱辯〉一文，替李賀抗爭。文中說道：「父名晉肅，子不得舉進士，若父名仁，子不得爲人乎？」

但所有的努力，都無法抵抗世俗的力量，以及人心的險惡。

李賀黯然返鄉。經此打擊，他的絕望與痛苦，連同那顆被揉碎了的心，嘔成血，釀成最苦的詩行：「長安有男兒，二十心已朽。」、「只今道已塞，何必須白首。」、「天眼何時開，古劍庸一吼。」、「我當二十不得意，一心愁謝如枯蘭。」、「壺中喚天雲不開，白晝萬里閒淒迷。」……眞是字字泣血，行行帶淚。一個二十歲的奇才，似乎一夜之間走到了五六十歲的悲涼的盡頭，無論是生理還是心理。

此時，離他寫出那些傳世的「鬼詩」，已經不遠了。

我有迷魂招不得，雄雞一聲天下白。
少年心事當拏雲，誰念幽寒坐嗚呃。

伍

根據李賀自己的詩歌描述，長安應試被除名後，他幾乎是灰溜溜地離開了京城：

雪下桂花稀，啼烏被彈歸。
關水乘驢影，秦風帽帶垂。
入鄉試萬里，無印自堪悲。
卿卿忍相問，鏡中雙淚姿。

騎驢垂帽，生怕別人認出他是李賀。一個無望的背影，行走在蕭條的古道上。

他想到自己的妻子，聽說丈夫歸來，來不及高興，便從丈夫臉上讀出了痛苦。「卿卿忍相問，鏡中雙淚姿」，妻子不忍詢問落第的原因，卻又禁不住淚流滿面。

他還有母親，還有弟弟，還有家。

現實生活的重壓，終歸將他從低迷的詩境中拉回來。

第二年，李賀應徵召再赴長安，出任一個叫「奉禮郎」的從九品小官。

有人說，李賀得到這個低級官職，是他身爲「唐諸王孫」的蔭庇，有人說是因爲韓愈的舉薦。但這些都不重要，重要的是，對李賀來說，他需要養家餬口，所以必須上任。

更爲重要的是，正因爲這個低級官職給了李賀這個人，從此唐詩的天空，多了一些前所未見的、閃著奇詭光芒的詩行。

奉禮郎，屬於禮部，是朝廷舉行各種朝會祭祀儀式的贊導。負責招呼參加儀式的君臣百官，排位次，擺鼓樂，贊跪拜，以及儀式結束後的善後工作等等。說白了，李賀相當於國家司儀館的一個工作人員吧。

他在這個職位上幹了整整三年。在他，是人生的大不幸。在歷史，則是唐詩的大幸。因爲，李賀在這個職位上寫下了許多成就他「詩鬼」之名的「鬼詩」。

很多人，讀到李賀的「鬼詩」，都驚歎於他的想像力馳騁人鬼仙三界，沒有邊界。殊不知，沒有現實的經歷打底，縱是鬼才如李賀，恐怕也寫不出鬼氣這麼重、這麼逼眞的詩。

這是李賀一首著名的「鬼詩」：

南山何其悲，鬼雨灑空草。

長安夜半秋，風前幾人老。

低迷黃昏徑，裊裊青櫟道。
月午樹無影，一山唯白曉。
漆炬迎新人，幽壙螢擾擾。

詩中「南山」指的是終南山，當時是帝國王公大臣的埋身之地，尤其是北麓，有一片巨大的墳場。李賀作爲奉禮郎，他不關心哪些人升官漲薪，只用關心出殯、送葬、祭祀一條龍服務。

這首詩就寫了他在秋天跟隨送葬的情景。送葬是在黃昏進行，一行人迎著雨，抬棺走在細長的山路上，通往深山的道路兩旁種滿櫟樹。到達落葬地點，挖墳、下葬、掩埋……全部工作做完後，雨已停，明月升空，如同白晝。此時，新墳前面點著漆燈（鬼燈），鬼火飛舞，舊鬼迎接新鬼，山間一片熱鬧。

瘆不瘆人？但這就是李賀的工作實錄，如果說有想像的成分，可能就在最後一句吧，其餘都是寫實。

再看李賀的其他奇詭詩行，基本都是他在職務工作中的體驗，加上適度的想像書寫而成。他熟悉葬禮流程，對深山墓地環境，也達到信手拈來的地步；他熟悉祭祀儀式，也經常與宗教巫祝、神道系統等人員打交道，寫起他們的宗教活動，自然十分順手：「石脈水流泉滴沙，鬼燈如漆點松花。」「百年老鴞成木魅，笑聲碧火巢中起。」「海神山鬼來座中，紙錢窸窣鳴旋風。」「呼星召鬼歆杯盤，山魅食時人森寒。」……知道了李賀的工作內容，這麼多淒涼怪異、神神道道的詩句，讀起來是不是就眞實很多？

唐代的奉禮郎，恰好來了個詩人，這個詩人也許是李賀，也許是杜賀、張賀，只要他來了，用心工作，用詩筆記錄日常，他就是獨一無二、無可複製的「詩鬼」。這或許是李賀人生大不幸中唯一的大幸。

陸

在李賀當奉禮郎的三年間，唐朝的詩人們發現，他的詩注入了一股奇瑰詭譎的氣息，一股讓人讀之欲罷不能的邪魅之氣。《舊唐書》說，李賀的詩「文思體勢如崇岩峭壁，萬仞崛起，當時文士從而效之，無能彷彿者」。一時之間，學習李賀的詩風成爲文壇風氣，但是，沒有一個學得像，學得好。

是啊，他們即便有李賀的才氣，若沒有李賀的經歷，也是白搭。

李賀原本多愁多病多歎息，如今，見慣了生死，看多了神鬼，變得愈加糾結和苦惱。

他始終在追尋，世間萬物爲什麼不能長留。他寫過一首〈苦晝短〉：

飛光飛光，勸爾一杯酒。吾不識青天高，黃地厚；唯見月寒日暖，來煎人壽。食熊則肥，食蛙則瘦。神君何在？太一安有？天東有若木，下置銜燭龍。吾將斬龍足，嚼龍肉。使之朝不得回，夜不得伏。自然老者不死，少者不哭。何為服黃金，吞白玉？誰似任公子，雲中騎碧驢。劉徹茂陵多滯骨，嬴政梓棺費鮑魚。

詩人說，時光飛逝，是因為傳說中有六條龍駕日飛奔。那我就將龍足斬下，吃掉，這樣日夜就不會交替，時間就不會流逝。但詩人很快就知道，這不過是一個美好的幻想，時光流轉，生命易逝，對任何人都是不可逆轉的。你看一代雄主漢武帝，現在也只是一堆白骨埋在了茂陵，而千古一帝秦始皇，死後消耗了大量的鮑魚，仍然難掩屍體的惡臭。言外之意，何況我們這些歷史中的小人物呢？

後人讀李賀的詩，總感覺到詩中強烈的死亡意識。

由於史料有限，我們已經無法還原李賀在長安的三年到底經歷了什麼，只能從他的詩中窺見他的消沉與日漸暗淡的內心。

他對奉禮郎這種不入流的小官顯然是不滿意的，但又迫於生計，不得不從。他在這個職位上早起晚歸，疲於奔波，而陰森鬼魅的氛圍，無疑加重了他的陰鬱。他可能在此期間生過一場大病，本來瘦弱的身子變得更加不堪，二十多歲已經老樣老相。

人生與詩，互相影響。

他的詩中，充斥著鬼、血、病、泣等暗黑之辭，一半是寫實，一半是心境。某夜，他做了一個夢，夢到自己回到故鄉，醒來後寫了一首〈題歸夢〉：

長安風雨夜，書客夢昌谷。
怡怡中堂笑，小弟栽澗菉。
家門厚重意，望我飽饑腹。
勞勞一寸心，燈花照魚目。

夢到了母親的微笑，夢到了弟弟在勞作，最悲哀的是，夢到了妻子臨死不瞑目，像燈光照著死魚的眼睛，還在盼著丈夫歸來。「燈花照魚目」，悲從中來。

也許是在這個夢之後不久，李賀拖著病軀辭了官，離開長安。

那首享譽天下的〈金銅仙人辭漢歌〉，正是詩人從長安返回河南昌谷（今洛陽宜陽）途中所寫：

茂陵劉郎秋風客，夜聞馬嘶曉無跡。
畫欄桂樹懸秋香，三十六宮土花碧。
魏官牽車指千里，東關酸風射眸子。

空將漢月出宮門，憶君清淚如鉛水。
衰蘭送客咸陽道，天若有情天亦老。
攜盤獨出月荒涼，渭城已遠波聲小。

曹魏時期，魏明帝命人將漢武帝時立在長安的金銅仙人運往洛陽。銅人被裝載上車前，竟潸然淚下。李賀用這個歷史傳說，寫出了自己的家國之痛，身世之悲，遭際之慘。其中，「天若有情天亦老」一句，意境遼遠，想像力爆棚，被司馬光稱爲「奇絕無對」。古今但凡寫詩的人，對這一句都愛不釋手，很多著名詩人都曾把它「偷過來」，寫到自己的詩裡。有個叫石延年的宋朝人，對了一句「月如無恨月長圓」，遂成千古絕對。

有唐一代，號稱開創詩派的詩人不少，但眞正將生命與詩歌融爲一體，讓詩歌放射出奇異色彩的，恐怕只有李賀一人。

柒

回到故居後，李賀或許有過片刻的歡樂，或許沒有。

很快，他又要面對現實的生計問題。因爲家庭陷入困境，他的弟弟先離開家，去江西謀事做。接著，李賀自己前往山西潞州，投奔韓愈的侄婿張徹。

在潞州幕府三年，李賀寄人籬下，借酒澆愁。敏感的心，備受打擊。八一六年，秋天。他離開潞州，苦悶返鄉。第二年就因病辭世，年僅二十七歲。史家普遍認爲，〈秋來〉一詩，是李賀臨死前所寫的絕命詩：

桐風驚心壯士苦，衰燈絡緯啼寒素。
誰看青簡一編書，不遣花蟲粉空蠹。
思牽今夜腸應直，雨冷香魂吊書客。
秋墳鬼唱鮑家詩，恨血千年土中碧。

死亡來臨時，詩人的哀思盡在詩中：這個秋夜，淒風苦雨，桐風驚心，衰燈昏暗。本以爲滿腹文章，可以換來功名，增加生命亮度，進而推延死亡的到來。怎料功名不就，壯志成空，唯有香魂冷雨，淒厲鬼唱，遺恨地下，千年難消……

後來，李商隱爲李賀寫傳記，說李賀臨死時，看見一位騎龍的紅衣使者來召他回去，李賀說母親還病著，他不願去。使者告訴他，天帝剛剛建成一座白玉樓，等你爲此樓賦詩寫記呢！天上的差事很快樂，不苦呀！走吧！李賀獨自哭泣，一會兒就氣絕了。

李商隱是個諷刺高手。他寫這段靈異故事，其實是爲了說明李賀短短的一生，懷抱奇才，卻屢遭排擠誹謗，不受待見。爲什麼天帝特別欣賞他，而人間反倒不珍惜他呢？

自古天才多命苦，李賀逃不過這個定律。他生前苦極，死後紅極。

在生命最後的日子，他審定並編好自己的詩卷，總共二百三十三首。親人無可依託，遂交給好友沈子明保管。

多年後，沈子明想起這位亡友，不忍其天才被歷史遺忘，於是請求當時最著名的「小李杜」，一個爲李賀的詩集作序，一個爲李賀作傳。

至此，李賀在唐代詩壇，乃至整個中國文學史上的地位，正式確立下來。論天才早逝，他與初唐的王勃，成爲後世最惦念和扼腕歎息的兩個詩人；論詩風浪漫，他被認爲是屈原最純正的繼承人，無出其右；論唐詩大宗，他與李白、李商隱並稱「唐詩三李」，冠絕百代；論詩名之盛，他在詩仙、詩聖、詩佛、詩豪等等名號皆被占盡的情況下，獨得「詩鬼」一名，震天動地；論傳世影響，千年來，多少文壇大腕，爲了他是仙是鬼，爭辯不休……

李賀生前曾自歎「天荒地老無人識」，而今，我們可以替他大喊「雄雞一聲天下白」。他的詩，他的名，不朽！

杜牧
大唐最鬱悶的詩人

遣懷

落魄江湖載酒行，楚腰纖細掌中輕。
十年一覺揚州夢，贏得青樓薄倖名。

寫出這首詩的人，一定是情場的高手，風月場的老手。千百年來，這首詩也被當作「淫言媟語」的典型，時常遭到批判。而喜歡這首詩的人，從來都不好意思公開喜歡。

但實際上，詩人寫出這首詩的時候，一生中最縱情放肆的日子已成追憶。他寫這首詩，只是想告訴世人，他現在正在經歷最鬱悶、最不順的時刻。而這種鬱悶與不順，可能與別人給他打上冶蕩放浪、生活不檢點的標籤有關。詩人寫下這首詩，是爲了自辯，爲了懺悔，而不是爲了顯擺。

壹

杜牧的家世，那叫一個顯赫。怎麼個顯赫法？當時有個說法：「城南韋杜，去天尺五。」帝都長安城南，姓韋的、姓杜的，這兩家的政治地位相當高，離皇帝、皇權相當近。

在做官講究門第的唐代，出身高門士族的杜牧，理應有著先天的政治優勢。但事實又有所偏差。

杜牧的祖父杜佑，學問相當棒，官也做得很大，是三朝宰相。但杜牧的父親杜從郁，做官和做學問，兩樣都不太在行。現在我們講到杜從郁，只能這樣介紹他：杜佑之子，杜牧之父。

後來，杜家在官場的榮光，都被杜牧的堂兄杜悰占盡了。杜悰也官至宰相，官位不輸其祖，可惜人品不太行。

杜牧大約十歲的時候，爺爺去世。不久，他的爸爸也去世了。很快地，杜牧這一房的生活就垮掉了。

杜牧後來說，他祖父分給他這一房的三十間房子，因還債都歸了別人。他和弟弟杜顗居無定所，八年間搬家十次，奴婢或死或逃，甚至有時到了要吃野菜的地步。寒冬長夜，連蠟燭都點不起，兄弟倆只好在黑暗中默默背書，長達三年。

一個官三代的沒落，總是帶有抗拒情緒的。杜牧此時的不如意，與童年時的顯貴生活形成了強烈的反差。他有官三代的名，而無官三代的命。中年以後，不管對家中子侄，還是對外人，他都時常誇耀他的祖父，說「家風不墜」。但我們知道，這些東西越是強調，說明越是失掉了。

杜牧的出頭，走的是科舉的路子。他二十三歲就寫出教科書要求背誦全文的〈阿房宮賦〉，借歷史諷喻當朝，無論是文采還是文中的情緒，都擊中了當時讀書人的內心。

〈阿房宮賦〉立即成爲爆文。太學博士吳武陵讀了這款爆文後，讚不絕口，當即去找主持科舉的考官崔郾。崔郾讀罷，也說很好很好。

怎麼樣，今年的狀元就給杜牧吧？吳武陵開門見山。崔郾搖頭說，不行啊，狀元已有人選了。不僅狀元被預定了，前幾名也都被人搶先打招呼了。

兩人爭執不下，吳武陵最後說，反正不能低於第五名，他看著辦。崔郾咬咬牙總算答應了。

吳武陵一走，崔郾的其他賓客就說，杜牧這個人「不拘細行」，生活作風很有問題呀。崔郾說，已經答應下來了，就算杜牧是殺豬賣肉的，也不能改了。

唐朝的科舉，跟明清大不一樣，搞的是推薦制。考試前，如果沒有大咖替你推薦，考得再好也白搭。

過了科舉，要授官，需要通過制策考試。杜牧也考得很棒，貌似是第四名。一顆科舉新星冉冉升起。一時間，想與他結交的人排起了長隊。

就在杜牧最意氣風發的時候，一個和尚卻給他潑了一桶冷水。當時，他與同年出遊城南文公寺，寺內的和尚竟然不知道他的尊姓大名，小杜很受傷，當場題了一首詩：

家在城南杜曲旁，兩枝仙桂一時芳。
禪師都未知名姓，始覺空門意味長。

這首詩有自誇，但更多的是自嘲：你以爲自己有多麼牛哄哄的時候，在別人眼裡，不過是空氣。

貳

一個關中高門士族的子弟，挾著科舉新貴的頭銜，開始了官場生涯。

官場水深，只有當杜牧踩進這條河流後，才眞切地感受到。他初入官場的前十年，從八二八年到八三九年，除了有一年多在兩京任職外，其餘時間都在地方幕府當幕賓。用他自己的話說，是「十年幕府吏，促束簿書宴遊間」。除了日常公務，就是宴飲遊樂，徵逐歌舞聲色，眞是生活樂無邊。

他在淮南節度使牛僧孺的府下當了三個年頭的幕賓，駐地正是揚州。

牛僧孺是唐朝中後期政壇的兩位大佬之一，另一位是李德裕。圍繞在這兩人身邊的一大幫官員，站隊互掐整整達四十年，形成歷史上著名的「牛李黨爭」。

杜牧入牛僧孺幕府的時候，牛僧孺此前已在朝廷當過宰相，因處理邊疆事務不當，外放出京。在揚州，杜牧與大佬牛僧孺結下了深厚的私人情誼。

那三年，也是杜牧最風流浪蕩的三年。當時的揚州，是國內最繁華的一線城市。時人說「揚一益二」，論繁華，揚州第一，成都第二。揚州的發達，帶動了服務業的發展。青樓妓館林立，一到晚上，燈火通明，照亮夜空。年富力強的杜牧，時常在公務之餘，流連於聲色粉黛之間，左手鶯鶯，右手燕燕，練成了撩妹高手。

據說，牛僧孺不以爲意，反倒暗中派人保護杜牧，怕他遇到是非，或者吃虧。

等到杜牧離任，要回京任監察御史時，牛僧孺才在送別儀式上提醒說：老弟才華橫溢，前途可期，只是要注意身體呀！

杜牧裝傻：大人什麼意思？我向來謹言慎行，不曾涉足秦樓楚館，身體倍兒棒，不必擔心。

牛大佬哈哈大笑，讓人取來一個竹筐子。杜牧打開一看，趕緊收回剛才的話。那裡面詳細記錄了這三年間，杜牧吃喝玩樂的時間、地點，以及便衣保鏢暗中擺平他遇到的糾紛，等等。杜牧於是一輩子感恩牛僧孺。

但杜牧是有政治理想的人。他的理想，從來不是安安靜靜地做一個詩人，或者做一個情場老手，那只是他的副業。

在晚唐，國家的頹勢讓人痛心疾首。杜牧從少年時代起，就有爲唐朝的復興大業奉獻終生的偉大志向。這種心情，被稱爲「濟世補天」心態。他年輕時讀書，尤其注意「治亂興亡之跡，財賦兵甲之事，地形之險易遠近，古人之長短得失」，希望有朝一日能夠得到重用，擔起振興天下的重任。

最年輕氣盛的時候，他給昭義節度使劉悟寫信，義正詞嚴，警告他不要叛亂。僅僅因爲，他憑直覺，看出了劉悟稱霸一方的野心。儘管那時候他什麼都不是，只能以個人的名義寫了那封警告信。

在揚州偎紅依翠的同時，他其實也在文字中刀光劍影。那個時期，他不滿朝廷對藩鎮的姑息政策，寫了一系列重磅的政論文，包括〈罪言〉、〈原十六衛〉、〈戰論〉、〈守論〉等，從形勢、政策、調兵遣將等方面，論證了制伏藩鎮的方略，非常有見地。後來司馬光編《資治通鑒》的時候，不忍心割捨，把這些牛氣沖天的政論文都收進去了。

這才是他揚州三年的主旋律。

你以爲他是個情聖、風流才子，其實，他骨子裡是個憂國憂民的戰略家。

即便是他的詩，絕大部分也是感時傷世之作，諷刺當局的意圖十分明顯。包括著名的「商女不知亡國恨，隔江猶唱後庭花」、「一騎紅塵妃子笑，無人知是荔枝來」、「南朝四百八十寺，多少樓台煙雨中」，等等，都是借古諷今，表達對當朝政治的不滿，甚至直接批評皇帝本人。

而他的豔情詩，所占的比例很少。寫杜秋娘，寫張好好，寫豆蔻年華，也不像元白詩派的末流那麼赤裸裸，那麼低俗，而是寄寓了他個人的悲情及遭遇在裡面。讀來，令人動容。

只有一流的詩評家才能一眼洞穿杜牧風流的本質是悲傷，說「樊川（杜牧）憂國之心與少陵（杜甫）同」。

參

杜牧一生英雄，卻無用武之地。只因爲他從政的時期恰是牛李黨爭最激烈之時，而他在其中，做了一個矛盾的超然派，非牛非李，亦牛亦李。

前面說了，杜牧與牛黨首領牛僧孺私誼很鐵，但也僅限於私誼而已。論政見，杜牧是看不起牛僧孺的，反倒與牛僧孺的死對頭李德裕相當契合。

這裡簡單介紹一下牛李兩黨的政見區別。唐朝自安史之亂後，存在三大嚴重的問題，即藩鎮割據，西北少數民族回鶻、黨項等的入侵騷擾，以及宦官專權。

在前兩個問題上，李德裕力主進取，主張主動出擊。唐武宗時期，李德裕執政，內平澤潞之叛，外鎮回鶻用兵，取得中晚唐難得一見的輝煌勝利。

相比之下，牛僧孺則務求苟且，姑息縱容，毫無進取之心。唐文宗曾問牛僧孺，怎樣才能使天下太平？牛僧孺對當時內憂外患的現實置之不顧，卻粉飾太平說：「太平無象。今四夷不至交侵，百姓不至流散，雖非至理，亦謂小康。陛下若別求太平，非臣等所及。」

對待宦官專權，李黨排拒，牛黨則投靠。

以杜牧「濟世補天」的情懷，他的政見顯然是李德裕一黨的。杜牧深知這一點，要實現平生抱負，只能通過李黨，而不是牛黨。

他寫了那麼多政論文，提了很多治國方略，但這些東西都是李德裕當政時提交的。一旦牛黨當政，杜牧一句話也不提。他知道牛黨不可恃。

李德裕對杜牧的才幹也表示欣賞。史載，李德裕平澤潞之叛，用的是杜牧的策略。對付少數民族入侵，李德裕對杜牧的建議也稱讚不已。然而，終其一生，杜牧本人始終不得李德裕任用，這使杜牧鬱鬱寡歡。

對李德裕而言，杜牧可能是這樣的存在：我認同你的觀點，但我不認同你的爲人。

這就相當於把杜牧打入了另冊。

李德裕出身山東豪族世家，不同於科舉入仕的新貴，他是以門蔭入仕而官至台閣。山東的高門士族，比起杜牧出身的關中高門士族，更加保守，而堅持傳統的禮法觀念。史載，李德裕「不喜飲酒，後房無聲色之娛」。按照他的行爲標準，杜牧不拘細行、縱情聲色的做派，顯然不能被容忍。

李德裕雖是中晚唐難得一見的賢相，但門戶之見還是免不了。在他看來，杜牧與牛僧孺私交甚好，自然就是牛黨的人了。

杜牧不認爲自己是牛黨中人，沒用。當時的黨爭，爭的是門戶，而不是政見。從杜牧投入牛僧孺幕府的那一刻起，他就被站隊成牛黨一員。牛黨認不認他不重要，重要的是李黨鐵定不會認他了。全祖望說，杜牧「不幸以牛僧孺之知，遂爲李衛公（李德裕）所不喜」，說得對極了。

杜牧只能獨自吞咽他矛盾的苦果。在情感上，他傾向牛僧孺；在理智上，他又偏向李德裕。在作風上，他是牛黨無疑；在政見上，他又是李黨必撐。

肆

可憐的杜牧，縱有經天緯地之才，也永遠走不進權力的核心圈層。

唐武宗會昌二年（八四二），杜牧四十歲的時候，被李德裕逐出京城，貶作黃州刺史。此後，一直在帝國的邊緣之地做地方官。

「十年一覺揚州夢，贏得青樓薄倖名」，這樣綺麗的痛語，正是作於他人生中最失意的時候。所以，你說你讀出了風流倜儻，我只能說，我讀出了痛徹痛悟。

唐武宗死後，唐宣宗上位，牛李兩黨權勢大轉移。李黨失勢，李德裕被貶得遠遠的，最後死於貶所。牛黨得勢，牛僧孺復原官太子少師，第二年也老死了。朝中是牛黨的白敏中扛大旗。

白敏中是白居易的堂弟，胸襟與能力都相當普通。他唯一的用人原則是，凡是遭到李德裕貶斥的，都重用。

杜牧認爲自己有希望再起，於是給白敏中寫了很多信，結果卻如石沉大海。或許在白敏中眼裡，杜牧在唐武宗時期給李德裕上了很多治國方略，還是蠻刺眼的。

最終，是牛黨的另一重要成員周墀，把杜牧調回京城任司勳員外郎。周墀跟杜牧關係很鐵，所以把他調回來，僅此而已。在朋黨關係上，牛黨從來不認杜牧這個「黨員」。

有意思的是，杜牧入朝不到一年，就一再上書要求外放杭州或湖州做地方官。他的理由是，京官收入微薄，無法養活弟、妹等一大家子。然而，更深層次的意思，他恐怕難以說出口。他對執政的牛黨人物粉飾太平、攀比豪奢的做法，大失所望。

四十八歲那年，杜牧登上樂遊原，寫了一首詩：

清時有味是無能，閒愛孤雲靜愛僧。
欲把一麾江海去，樂遊原上望昭陵。

一個胸懷大志的人，如今已是心冷氣短。懷念唐太宗這個死去的皇帝，恰是對活著的皇帝與朝政的失望透頂。

最後一次回京，杜牧被拜爲中書舍人，五品官員。但這已經不重要，對杜牧來說，他是想著落葉歸根，回故鄉而已。

他重新收拾了爺爺留下來的宅子，起名「樊川別墅」，與三五親友優遊其間，度過生命中最後一年。

大約唐宣宗大中七年（八五三），杜牧病逝，享年五十一歲。

一生無題李商隱

政治、婚姻與詩歌

這是八五八年的一天。

我們知道此時離大唐的覆亡僅餘半個世紀，但詩人不知道。他敏感地意識到什麼，來不及多想，內心如同雷擊，震顫不已。

死亡，逼近了他。

他唯一清醒地意識到，他將比任何他所念及的事物都先走一步。

夜深。蜷在床上任憑思緒彌漫的詩人，強撐著起身，乾咳數聲，或許還嘔出了血。他磨墨，鋪紙，提筆。

照例是一首無題詩。顫抖的筆跡，遮不住滿紙朦朧的詩意。

錦瑟

錦瑟無端五十弦，一弦一柱思華年。

莊生曉夢迷蝴蝶，望帝春心托杜鵑。
滄海月明珠有淚，藍田日暖玉生煙。
此情可待成追憶，只是當時已惘然。

四十六歲的詩人，命短啊，就算一歲一弦回憶往事，都湊不夠錦瑟五十根弦的整數。除此之外，每個字都看得懂，合起來卻至今無人能解。專家們唯一肯定的是，這是詩人病逝之前的最後一首詩。

人生苦短，江湖路遠，理想幻滅，愛情悲劇，舊情難忘，遺恨無窮……

詩人不想說，我們也不要問，讀到什麼就是什麼。

也許，在絕命詩完成的數日之後，一個雨夜，詩人走了。最後留給世界，一個深邃的眼神。

壹

詩人從小不幸。

他生在如今的河南滎陽。出身是一個下層官吏之家，三歲起隨父親輾轉江南各地做幕客。後來，他的一生都想擺脫宿命，卻始終難逃父親一般的歸宿，不由得不認命。

大約十歲那年，他的父親病逝。剩下孤兒寡母，護棺返鄉。

他是長子，支撐門戶的重擔，驟然間全壓在他幼小的肩上。

在他的記憶中，這趟返鄉十分不堪。

家貧勢單，無處投靠。他曾泣血寫道，當年情境是「四海無可歸之地，九族無可倚之親」。

很長時間內，他白天給人舂米，晚上替人抄書。

他渴望早日成名得官，光宗耀祖。

少年詩人在詩中吶喊過：「永憶江湖歸白髮，欲回天地入扁舟。」

多年後，他得了個小官。沒過幾年，母親去世。母喪期間，他拿出多年積蓄，大辦家族遷葬之事。

上至曾祖母，下至小侄女，旁及堂叔，一共辦了五起遷葬事宜。

這些死去的親人，曾因各種原因寄葬異鄉，分散各地。如今，他們歸葬祖墳，魂返故里。

詩人總算了卻平生一樁心事。

給四歲夭折的侄女寫遷葬祭文時，他說：「滎水之上，壇山之側。汝乃曾乃祖，松檟森行；伯姑仲姑，塚墳相接。汝來往於此，勿怖勿驚。」

一家人最重要的是齊齊整整。他自小漂泊，聚少離多，感受尤深。

他心事重重，內心敏感，卻很少考慮自己，都是在考慮家族的未來。他希望培養更多的家族子弟爲官，重振家聲。他數次哀歎，自己的家族如此衰微，作爲一個「山東舊族」，竟然「不及寒門」。

他還要督促並幫助弟、妹辦理婚嫁大事，讓他們生兒育女，傳宗接代。

他是大哥，回避不了家族責任。

大概在十多歲時，他可能有過第一次婚姻，但妻子很快病逝。

人生悵然。他詩中充斥著無限感傷，基本都是少年時期家道衰微、飽受困苦、深感世態炎涼的記憶折射。

所謂苦難出詩人。在群星閃耀的唐朝，歷史要成全一個晚唐人的詩名，終將少不了苦痛的人生賭注。

貳

詩人有抱負，儘管身分卑微，但才華是他最有力的武器。

很快，他遇到一生中最重要的恩人。

當時外調任天平軍節度使的大政治家令狐楚，愛惜其才，將毫無功名的詩人招至幕下。不僅給他工作，還教他寫駢文。

在當時，令狐楚的駢文，與韓愈的古文、杜甫的詩，並稱「三絕」。

詩人後來的詩，以辭藻華麗、意境絢爛著稱，跟駢文練習關係很深。

令狐楚曾把少年詩人介紹給詩壇名宿白居易。白居易讀了他的詩，不敢以老賣老，只好倚老賣萌。逢人就感慨，此人一定是文曲星下凡，自己要去投胎給他當兒子。

令狐楚不忍詩人的天才被埋沒，果斷資助他去考科舉。

詩人考呀考呀，就是考不上。有人說他考了四次，有人說他考了五次。總之，老天給他打開一扇窗，就會把門堵上吧。

鬱悶的詩人，落第後，有一次吃嫩筍，吃著吃著，想哭：

初食筍呈座中

嫩籜香苞初出林，於陵論價重如金。

皇都陸海應無數，忍剪凌雲一寸心。

我就如同這初生的嫩筍，在於陵價值千金，在長安卻不值一文，任人剪伐。

在詩人第四或第五次考科舉的時候，主考官問令狐楚的兒子令狐綯：「你父親門下，哪一個人最好？」

令狐綯說出了詩人的名字。

過幾天，主考官又問同樣的問題。

令狐綯又說出了詩人的名字。
如此反復，令狐綯推薦了詩人四次。
詩人這才中了進士。
來不及欣喜，他一生中最重要的恩人令狐楚，在這年冬天，死了。
臨終前，令狐楚特地千里迢迢把詩人調到身邊，要他代寫上朝廷的遺表。除了他，任何人寫，都寫不出令狐楚想要的感覺。
令狐楚死後，詩人在奠文中悲歎一聲：「送公而歸，一世蒿蓬。」
他預感到，沒有令狐楚父子的蔭庇，他的命運要像蓬草一樣，飄蕩不定了。

參

欲問孤鴻向何處，不知身世自悠悠。
詩人的預感不一定準確，但那些不好的預感，總是無比準確。
唐文宗開成三年，八三八年。也就是詩人中進士、令狐楚去世的第二年。這一年，註定要成爲詩人生命中一道悲劇性的坎兒。
按唐朝規定，考中科舉並不能直接做官，還要通過人事部門的銓選考試。詩人於是報考了博學宏詞科。

考試結果，優秀。

但在複審時出了岔子。一位「長者」看到詩人的名字，隨口說了四個字：「此人不堪！」一語定性，詩人的名字被抹去。國之棟樑，就此成爲不堪重用的朽木廢材。

這次打擊，實在太大。事情過了兩年，詩人談起此事，仍然異常激憤：「博學宏詞科要求才高識廣，本人才疏學淺，遭到有司除名也許是好事，從此，我即使愚蠢到不能分別東南西北，也沒什麼好畏懼的了。」

如此自嘲，足見詩人內心之痛，之恨。

落選後，沒有出路的詩人，去了涇原節度使王茂元的幕府。

王茂元是繼令狐楚之後，詩人另一個最重要的恩人。他欣賞詩人的才華，並將最小的女兒嫁給詩人，變成了詩人的岳父。

命運弄人。一個政治小白，餘生就此成爲政治犧牲品。

聽聞詩人的婚訊，令狐綯首先站出來，指責詩人忘恩負義。

當時，朝廷政治的焦點是牛李黨爭，無休無止。這場長達四、五十年的政爭，最終搞垮了大唐，也讓詩人無辜捲入其中，付出了慘痛代價。

令狐綯是牛黨骨幹，而王茂元是李黨骨幹。這在當時，是三歲小孩都知道的事。

朝堂之上，非牛即李。詩人卻兩頭都沾親帶故，亦牛亦李。結果，牛李兩黨都看他不爽，一黨罵他薄情，另一黨罵他無行。這種尷尬處境，像極了當時另一個著名詩人——杜牧。

詩人空負絕代之才，卻始終意識不到政治的殘酷性。

詩人一生卑微，官階始終很低。作爲幕僚，長期跟著不同的領導四處遠行。歷經漂泊，而難成大事。悲劇的根源，全在於此。

最痛苦的時候，他像是一隻蟬，聲嘶力竭，卻換來無情冷遇。

蟬

本以高難飽，徒勞恨費聲。
五更疏欲斷，一樹碧無情。
薄宦梗猶泛，故園蕪已平。
煩君最相警，我亦舉家清。

至此，詩人僅剩下一聲哀鳴。

如果說生命是一條河，有人泅渡上岸，而他卻溺水了。

肆

世人誤解詩人太深。

因他的愛情詩纏綿而隱晦，好事者便認爲，詩人有無數不可告人的戀情。

其實，詩人是個專情之人。

他的一生，有跡可考的愛情，僅有三段。其中還包含了少年時代一段類似愛情的情愫。

姑娘叫柳枝，洛陽商人女兒，偶然聽人吟誦少年詩人的詩，心生愛慕，約定相見。詩人因要趕考，無奈爽約。後，柳枝被父親嫁作人婦。僅此而已。

詩人多情，聽聞柳枝出嫁，提筆寫下〈柳枝五首〉，憑弔這段情愫。

柳枝五首（之一）

畫屏繡步障，物物自成雙。
如何湖上望，只是見鴛鴦。

詩人純情，把兩個命運不能自主的少年男女的遭遇，當成了愛情。

也許，他並不知，他只是在柳枝身上照見了自己的命運。

另一段眞正的戀情，始於詩人落第之時，曾躲入玉陽山修道，與女道士宋華陽產生感情。結局仍是悲劇，只有過程刻骨銘心。有詩爲證：

無題

相見時難別亦難，東風無力百花殘。
春蠶到死絲方盡，蠟炬成灰淚始乾。
曉鏡但愁雲鬢改，夜吟應覺月光寒。
蓬山此去無多路，青鳥殷勤為探看。

因爲女主的身分，這段地下戀情，見不得光。春蠶自縛，滿腹情絲，絲既吐盡，命亦隨亡。蠟燭燃燒，淚爲長流，流之既乾，身亦成灰。

一詩成讖。有人考證，他們的戀情被人發現後，雙方都受到了懲罰。

詩人被趕下山，逐出道觀。宋華陽被遣返回宮，大概去做了守陵宮女，或賣入豪門做侍女。

詩人後來曾在長安一名權貴的宴會上，匆匆偶遇宋華陽。

彼此不敢相認。

詩人無限哀傷，無處訴說：

無題

昨夜星辰昨夜風，畫樓西畔桂堂東。
身無彩鳳雙飛翼，心有靈犀一點通。
隔座送鉤春酒暖，分曹射覆蠟燈紅。
嗟余聽鼓應官去，走馬蘭台類轉蓬。

人生如轉蓬，隨風飄蕩。

他再次從當年戀人身上，看見了自己的命運。

伍

最後一段愛情，是詩人的婚姻，以及歸宿。

與王氏的婚姻，本爲兩情相悅，卻意外摻雜了過多的政治因素。詩人無意中被捲入黨爭旋渦，淪爲權鬥的祭品。

他一直官職低微，長期四處奔波漂泊。但對王氏始終不離不棄。夫妻二人清貧自守，聚少離多。相思之苦，唯有詩能解。

昨日（節錄）

未容言語還分散，少得團圓足怨嗟。

端居

遠書歸夢兩悠悠，只有空床敵素秋。
階下青苔與紅樹，雨中寥落月中愁。

淒迷感傷，情致纏綿。詩人緩緩咀嚼分離之痛，感傷成了他的詩與人生的基調。

在詩人三十九歲那年，八五一年。他失魂落魄，從汴州趕回長安，仍未及見上愛妻最後一面。王氏早逝，詩人萬念俱灰。

餘生，他只用來寫悼亡詩，爲王氏寫了三十多首詩，字字泣血。

房中曲

憶得前年春，未語含悲辛。
歸來已不見，錦瑟長於人。

破鏡

玉匣清光不復持，菱花散亂月輪虧。
秦台一照山雞後，便是孤鸞罷舞時。

〈破鏡〉是詩人寫下最悲痛的一首詩：我身雖未死，我心已隨她同逝了。後來，詩人到東川節度使柳仲郢幕府中，柳仲郢親自挑了一位才色雙絕的女子張懿仙賜給他。他上書婉言謝絕：「至於南國妖姬，叢台妙妓，雖有涉於篇什，實不接於風流。」我的詩是寫過女性的綺麗，但這種風流不是我所要的。

夜雨寄北

君問歸期未有期，巴山夜雨漲秋池。
何當共剪西窗燭，卻話巴山夜雨時。

川東美女如雲，詩人只爲亡妻寫詩。自王氏死後，他未再娶，單身至死。

在生命的最後幾年，詩人唯有信佛，以求解脫：「三年以來，喪失家道，平居忽忽不樂，始剋意事佛，方願打鐘掃地，爲清涼山行者。」

陸

這是八五八年的一天。

詩人來到了生命的終點，有過彷徨，有過堅毅，有過憤怒，有過深情。

少年磨難，青年坎坷，中年憂患，忽而點上休止符。

「中路因循我所長，古來才命兩相妨。」

一生有才無命，但一生以才抗命，從未向命運低頭。

「秋陰不散霜飛晚，留得枯荷聽雨聲。」

現實可以囚禁他的前途，但他在內心擁抱自由。

時光如流水，一去不復返。那些給詩人製造痛感和厄運的人與事，在歷史中灰飛煙滅。

唯有詩人的詩，還活著。活得好好的。

有些人僅爲今生今世而活，有些人卻爲千百世而活。

天下大局，離他甚遠。

他根本無從幹一番驚天動地的偉業。但這不妨礙他在的詩裡關心民間疾苦，留心國家大事，痛心社會黑暗。

愛情之弦，離他很近。

他以平等的態度，純情的筆調，而不是色慾的腔調來寫愛情，寫女性。他是第一個把愛情、生命和詩看得同等重要的詩人。

也許是個雨夜，可以聽到雨打殘荷之聲。

也許他的子女並未在身旁，孑然一身。

詩人最後吟兩句他的絕命詩，走時很平靜：「此情可待成追憶，只是當時已惘然。」

八百年後，清人吳喬在《圍爐詩話》裡說：「於李（白）、杜（甫）、韓（愈）後，能別開生路，自成一家者，唯李義山（商隱）一人。」

時代辜負了他，他並未辜負時代。

大唐女詩人之死

命若浮萍無定根，哪堪雨打風吹去？

壹

從來沒有一個朝代像唐朝這樣，國都長安動不動就淪陷了。終唐一朝，長安被攻陷了六次。神奇的是，基本上每一次都能轉危爲安，收復國都，繼續李家的統治。代價則是皇帝還都之後，無一例外都要收拾人心，還有收拾人。比如建中四年（七八三），涇原鎮士兵譁變，攻陷長安，擁立朱泚爲帝。經過不細說了，反正次年七月，歷經死難回到長安的唐德宗，開始收拾人了。

當時長安城裡最著名的女詩人李冶，上了黑名單。

涇原兵變時，李冶身陷長安，沒能隨從唐德宗逃離。原因不詳。一種可能的解釋是，她已不受皇帝的寵重，倉皇逃命之際，皇帝身邊人那麼多，自然也不會想到要帶著她一起跑。唐德宗還都之後，倒想起她來了。

據學者陳尚君考證，可能是朱泚稱帝期間，看中李冶的詩才，因而讓她寫詩歌頌新朝。作爲皇帝逃難時被遺落在都城的、年過半百的女詩人，李冶何來抗拒的力量？於是只能寫了，按照慣常的套路，說天下歸心，祥瑞頻現，等等。這首歌頌新朝之詩，肯定傳到唐德宗耳朵裡，因此要進行追究。

史載，唐德宗召喚李冶，可能是聽了李冶的自辯，仍然覺得不可原諒，遂訓斥她說：你看人家嚴巨川，跟你一樣身處陷城，身不由己，但他怎麼寫的？「手持禮器空垂淚，心憶明君不敢言」，看看，人家陷身僞朝，但心存我這個故君吶！而你呢？

訓斥完，不再給李冶辯解的機會，直接下令將她處死。

政治巨變，一個柔弱的女詩人，最終成了帝王無能的犧牲品。

貳

李冶，字季蘭，常年生活在吳興（今浙江湖州）。吳興古時候叫烏程，她因此被稱爲「烏程女道士」。

她的身世已湮沒在歷史中，我們無法知道她出生在什麼樣的家庭。甚至連她的出生年分也無法確知。學者推測，她可能出生於七二五年至七四〇年之間。如此，她死時應該在四十五歲至六十歲之間。

現在只知道，她很小的時候就表現出與年齡不相符的詩才。五六歲時，她父親抱著她來到庭院裡，手指薔薇讓她詠詩一首，她張嘴就來，十足一個小天才。但父親聽到她唸末兩句——「經時未架卻，心緒亂縱橫」，突然心情大壞，對人說：「此女將來富有文章，然必為失行婦人矣。」

古人相信，詩是預言，而且往往是不祥的預言，稱為「詩讖」。在父親聽來，「架」與「嫁」同音，因而這兩句詩的意思就變成：尚未出嫁的女子，心緒就亂縱橫，想入非非，小姑娘長大了鐵定要學壞。

李冶年輕的時候就遁入道門，原因說法不一。有人認為她成人後，父親怕她有失婦行，將她送入道觀；也有人認為她入道之前，有過「失行」之事，為夫所棄，不得已而入道。

道教在唐代算是「國教」，發展極盛，道觀林立，還出現了許多女道士觀。公主、宮人入道成為風氣，可以確定的是，許多女性入道，並非出於信仰，而是在陷於某種具體困境時尋求人生的出路。

當然，也有經濟上的考慮。唐朝國策規定，「凡道士給田三十畝，女官二十畝，僧尼亦如之」。雖然受田之數不多，但因為免除了賦稅徭役，托身道觀之中能解決基本的生存問題，這應該是出身不高、有才而命運不幸的李冶們入道的原因之一。

《唐才子傳》說，李冶「美姿容，神情蕭散，專心翰墨，善彈琴，尤工格律」。這樣一個才貌雙全的女道士，身邊很快聚集了一幫文人名士。

李冶應該很享受這種出世又入世的遊宴生活。她一度與名士陸羽、朱放、崔渙、劉長卿以及詩僧皎然等人過從甚密。有人通過他們之間的酬唱詩作，猜測李冶與他們中的至少一人有超越朋友的關係，但目前的史料無法證實，只能是猜測而已。

她與寫作《茶經》的陸羽關係很好，有一首詩寫陸羽來探望她，她欣喜不已，顧不得自己虛弱的病體，支撐起來與友人飲酒誦詩：

湖上臥病喜陸鴻漸至

昔去繁霜月，今來苦霧時。
相逢仍臥病，欲語淚先垂。
強勸陶家酒，還吟謝客詩。
偶然成一醉，此外更何之。

無論哪個年代，一名修道的女子卻熱衷於熱鬧的場合，都會被貼上不貞的標籤。所以時人評價李冶，說她「形氣既雄，詩意亦蕩」。一個「蕩」字，把她的豪放都烘托出來了。

李冶寫過一首簡單而又深刻的詩，在當時流傳很廣：

八至

至近至遠東西，至深至淺清溪。

至高至明日月，至親至疏夫妻。

詩的結論是論夫妻關係，「至親至疏」把人世間結髮夫妻的感情及其變質都說盡了。難怪劉長卿在不開黃腔的時候，評說李冶是「女中詩豪」。清代詩評家對她的評價也相當高，說她「筆力矯亢，詞氣清灑，落落名士之風，不似出女人手」。

也正因此，她在年近半百之時，居然受到唐德宗的青睞，應召入宮。她寫了一首詩跟江南的朋友們告別：

恩命追入，留別廣陵故人

無才多病分龍鍾，不料虛名達九重。
仰愧彈冠上華髮，多慚拂鏡理衰容。
馳心北闕隨芳草，極目南山望舊峰。
桂樹不能留野客，沙鷗出浦謾相逢。

詩中說自己已經「龍鍾」老態，滿面「衰容」，滿頭「華髮」。這不只是抒寫了老年遲暮之感，也表明她不能適應華麗富貴卻又森嚴禁錮的宮廷生活。

說起來，也是李治命該絕。此一去，再無回。

參

像李治一樣，大唐第一才女薛濤在年幼之時就彰顯了才氣，預埋了詩讖。

相傳薛濤八、九歲時，一日，其父手指井邊梧桐而吟：「庭除一古桐，聳幹入雲中。」小姑娘應聲而續：「枝迎南北鳥，葉送往來風。」「鳥」在唐代已經是大家心知肚明的代稱，特定的語境下不宜亂說。所以父親聽了薛濤的詩很鬱悶，預感到這個小女孩將來難逃與眾多男人廝混的宿命。

沒過多久，父親因病早逝，薛濤與母親相依爲命。整個家庭陷入困頓，唯一不受抑制的，可能只有她的天才發展了。史載，薛濤能言善辯，機警敏捷，不僅寫得一手好詩，還練得一手好字，筆力頗似王羲之。

大約在十五歲那年，她在一個場合遇到時任蜀地的最高長官——劍南西川節度使韋皋。韋皋命她作詩，她提筆從容寫下：

謁巫山廟

亂猿啼處訪高唐，路入煙霞草木香。

山色未能忘宋玉，水聲猶是哭襄王。

朝朝夜夜陽台下，為雨為雲楚國亡。
惆悵廟前多少柳，春來空斗畫眉長。

史書說，韋皋閱後十分欣賞，遂讓薛濤入了樂籍，爲營伎（軍中官伎）。此後，薛濤就以樂伎的身分，出入韋皋幕府。

通常都說韋皋是最先賞識薛濤的大人物，但韋皋讓薛濤入樂籍卻頗多私心。這樣，在他舉行公務接待、私人宴飲之時，薛濤就可以名正言順地出場作陪，侍酒賦詩，成爲韋皋塑造名士風流的門面，一如現在的交際花。

薛濤陰差陽錯，在一個卑賤的身分中，盡顯才華，征服了往來蜀地的所有文人名士。漸漸地，大唐的知名人物都以入川會見薛濤爲榮，來訪者絡繹不絕，而薛濤本性狂逸，反客爲主，名氣蓋過了韋皋。

在這個過程中，可能沒有顧及韋皋的感受，引起韋皋震怒。唐德宗貞元五年（七八九），也就是李冶被處死五年後，十九歲的薛濤被韋皋罰赴偏遠的松州（今四川松潘）勞軍。松州接近吐蕃，是唐朝對外作戰的第一線。一個以詩才出名的年輕女子，從成都跋涉到松州，艱苦可想而知。

而這一懲處，更讓薛濤意識到權力之網無處不在。她的身分、性別、地位，決定了她只能是任人擺布的奴與伎。達官顯貴喜則寵，怒則罰，人情冷暖，莫此爲甚。當她意識到這一點時，她早年的歡快已被巨大的痛苦吞噬。

到達松州後，她給韋皋寫了很多詩，乞求寬宥，放她回去。

罰赴邊有懷上韋令公二首（其一）

聞道邊城苦，今來到始知。
羞將門下曲，唱與隴頭兒。

（其二）

黠虜猶違命，烽煙直北愁。
卻教嚴譴妾，不敢向松州。

這兩首詩，有對往日作樂的懺悔，有對邊關戰士的同情，有對戰爭前線的愁思，更有對個人命運的憂懼。明代才子楊慎說，這詩得詩人之妙，就算李白見了也要叩首，元稹、白居易之流紛紛停筆。

後來，薛濤又給韋皋寫了卑屈到極點的〈十離詩〉，把自己比作犬、燕子、鸚鵡等，把韋皋比作主人、巢、籠等，傾吐了她對長官的依賴。韋皋讀後，深受感動，這才將她召回成都。

回成都後，韋皋爲薛濤脫離樂籍，允許她隱居浣花里。算起來，薛濤從伎的時間大約是四年，從十五歲到十九歲。但這個身分卻跟了她一輩子，以後想甩都甩不掉。

她隱居浣花里時，正當最好的年華。實際上名爲「隱居」，但只要韋皋需要陪同或者接待，她必須隨叫隨到，並無十足的自由。

她一生侍奉了九任蜀地的最高行政長官，一直都是戰戰兢兢的狀態。現在有一些情感文，說什麼「縱使人間不值得，但你（薛濤）從來都不是附屬品」，其實是完全不懂薛濤生存狀態的瞎說。

段文昌擔任西川節度使時，薛濤已經年過五十。有一次，段文昌要她陪同遊覽一座寺廟，病中的薛濤實在無法起身，只好寫詩告假，希望獲得批准。她長期強顏於觥籌交錯間，一顆詩心難掩掙扎與痛苦。

段相國遊武擔寺，病不能從，題寄

消瘦翻堪見令公，落花無那恨東風。
儂心猶道青春在，羞看飛蓬石鏡中。

這告假之辭說得頗費苦心。她說：我因病不能陪同您去遊寺，既如此，我是連梳洗都懶怠的。她希望這樣撫慰對方，免使震怒。內心的卑微，相信段文昌一讀就能感受到。

肆

儘管一生卑怯，薛濤還是成長爲大唐最厲害的女詩人。這不得不說是她的天才與造化。與她同時代的一流詩人，比如白居易、王建、劉禹錫、張祜、杜牧，等等，都與她有過唱和之作。

她後來喜歡著道袍，把自己打扮成女道士。這樣方便於她在公共場合活動。這個社會的男性精英，表面上欣賞她，以與她結交爲榮，但骨子裡卻不認同一個曾淪爲樂籍的底層女子。時人直接說她是「文妖」。

她完全明白自己的處境，雖然時常有女詩人的情懷，以及對愛情、婚姻的渴慕，但並不敢輕易表達。

春望詞（之一）

花開不同賞，花落不同悲。
欲問相思處，花開花落時。

唯一的一次，她可能對小她十一歲的元稹動過心。晚唐人范攄在《雲溪友議》裡記載，元稹素慕薛濤之名，等他以監察御史身分出使川東時，地方長官嚴綬便常派薛濤去作陪。後來，元稹回長安，不敢帶薛濤同歸，只好寄詩傳遞相思：

寄贈薛濤

錦江滑膩蛾眉秀，幻出文君與薛濤。
言語巧偷鸚鵡舌，文章分得鳳凰毛。
紛紛辭客多停筆，個個公卿欲夢刀。
別後相思隔煙水，菖蒲花發五雲高。

傳說元稹後來有意接薛濤到長安，但遇見了更加年輕貌美的劉采春之後，很快就把薛濤這個半老徐娘忘了。

我們現在已無從得知薛濤的心情，但以她的閱歷，她不至於不明白自己的身分，也不至於不明白當時貴賤不通婚的律令。她也許從來就知道元稹是個渣男，只是還想痲痹自己，讓自己投入這段感情，哪怕只是如同一片流雲，偶爾投影她的波心，她就足夠了。

而元稹後來並不敢面對這段感情。他在川東寫過三十二首詩，編集子的時候卻刪掉了十首，極力掩蓋他與薛濤的關係。對他來說，當時原配韋叢尚在世，這名後來把自己打造成「曾經滄海難為水」的癡情專一男，怎麼能讓一個身分卑微的女詩人毀了名聲呢？

所有的美好記憶與不堪現實，終成「花開花落時」。僅此而已。

薛濤獨自面對自己的衰老，憔悴凋零，死時大約六十三歲。

伍

薛濤死後三十六年，唐懿宗咸通九年（八六八），都城長安附近的咸宜觀發生一起殺人案。作案者是年僅二十五歲的女道士魚玄機。

與魚玄機差不多同時代的皇甫枚在《三水小牘》中記述了案情的詳細經過。

這年的正月，魚玄機外出 happy，臨走時叮囑婢女綠翹：「你不要出門，如果有客人來，就告訴他我去了哪裡。」

魚玄機玩到晚上才回來，綠翹迎上來開門道：「某某客人來過，聽說您不在，沒有下馬就走了。」這位客人素來跟魚玄機很親昵，關係非同一般，她不由得多心了：他為何沒有循跡來找自己，真是當即就離開了嗎？

她嚴重懷疑綠翹跟那人有私情。

當晚，魚玄機張燈鎖門，在自己的臥室中審問綠翹。綠翹說：「我伺候您已經數年，一直都很注意約束、督察自己，不要因為類似的過失而惹您生氣。今天這位客人來叩門後，我只是隔著門扉通報，說您不在。客人聽罷沒有說話，策馬而去。說到情愛，我早就沒有把它放在胸襟了，請您不要懷疑我。」

綠翹這番表白，讓魚玄機更添怒火。她扒了綠翹的衣服，奮力拷打上百下。綠翹仍然否認有私情，她被打得奄奄一息，請求喝一杯水，隨即以水代酒，澆地立誓：「您想追求三清長生之道，卻忘不了寬衣解帶的枕席之歡，竟然如此猜忌，厚汙行得端、立得正之人。我今天必定會死於你的毒手了，若是沒有上天，我就無處訴冤，如果有，誰能抑制我的靈魂？我絕不會輕易銷蝕於幽冥之中，縱容你的淫逸。」說罷，氣絕而亡。

魚玄機心迷神亂，趁著夜深人靜，把綠翹埋到後院的紫藤花下。此後，但凡有人問起綠翹，魚玄機總是說：「趁著春雨過後跑了。」直到有一天，綠翹的屍體被發現。告官，事發，魚玄機供認不諱。

按唐律，擅殺婢女，罪罰不過流放一年，罪不至死。但負責此案的京兆尹溫璋，向來以嚴酷出名，他早耳聞魚玄機作風不佳，何況魚玄機本來就出身卑微，因此判了死刑。

被投入獄中等死的魚玄機，竟然寫出了晚唐最清絕的兩句詩：「明月照幽隙，清風開短襟。」此等豁達，跟她的年齡並不相符，但她年紀輕輕，早已閱盡世事蒼茫，一切也就放開了。

這年秋天，大唐最後一個著名女詩人被處死。

陸

在同時代人的眼中，魚玄機是一個披著女道服的蕩婦、娼婦。時人說她入道後，「自是縱懷，乃娼婦也」。又說她是「亂禮法、敗風俗之尤者」。

但也可以看出，這個他們心目中風流成性的女道士，有一個蛻變的過程。

魚玄機出生在長安一戶普通人家，但「性聰慧，好讀書，尤工韻調，情致繁縟」。後來被進士李億看上，納爲妾。

唐朝等級森嚴的通婚制度，決定了出身平凡的魚玄機不可能成爲士族門閥或科舉新貴的正室。但她似乎很接受自己作爲一個妾的身分。

其間，她陪李億輾轉外地做官。儘管有正室的干擾，使得她不能與李億同住一處，但她還是給夫君寫下了許多情意滿滿的相思之詩：

送別

秦樓幾夜愜心期，不料仙郎有別離。
睡覺莫言云去處，殘燈一盞野蛾飛。

她是飛蛾，李億是火。這也預示了她飛蛾撲火般的命運。

在李億回到長安候補新官職之時，魚玄機被拋棄了。對此，史書記載不明，有的說李億拋棄她是因爲「愛衰」，不再愛了，有的說是李億正室的嫉妒，把她趕出家門。

現在普遍認同後一種說法，理由有二：第一，被拋棄後，魚玄機還給李億寫過情詩，說明他們之間感情未消滅。第二，魚玄機隨後入了咸宜觀當女道士，咸宜觀是唐玄宗之女咸宜公主出家後所居，此後長安城中貴族女眷出家多居此觀。如果沒有李億支持，魚玄機恐怕難以進入這座女道觀。

總之，魚玄機因爲社會身分阻隔，經受情傷後，性情大變。正如電影中，她的台詞所說：「有學問的女人可以做什麼？我不喜歡做人家的妻子，我不喜歡做人家的小妾，我不喜歡做妓女，我不喜歡做尼姑，我捨不得我的頭髮，所以，我只有做女道士咯！」

如同李冶和薛濤一樣，魚玄機開始與當時的文人名士酬唱往來，包括著名詩人溫庭筠、李郢，等等。後人將魚玄機和溫庭筠湊成一對，但實在沒有證據能支撐這一點。倒是李郢，應該是魚玄機傾慕的類型。魚玄機給他寫過這樣的詩：

聞李端公垂釣回寄贈

無限荷香染暑衣，阮郎何處弄船歸。
自慚不及鴛鴦侶，猶得雙雙近釣磯。

詩中用了阮肇遇合仙女的傳說，將自己比喻爲主動追求的仙女。但是，李郢似乎並未對這一追求給予回應。想必魚玄機也是心碎過幾秒鐘。

之後，她給交往過、看得上的文人名士都寫過大尺度的詩。在那首著名的〈贈鄰女〉中，她這樣描述自己的心態轉變：

贈鄰女

羞日遮羅袖，愁春懶起妝。
易求無價寶，難得有心郎。
枕上潛垂淚，花間暗斷腸。
自能窺宋玉，何必恨王昌！

此詩前三聯寫盡了被拋棄後的斷腸之情，最後一聯筆鋒一轉，卻說宋玉、王昌這樣的美男子多的是，我們完全可以擺脫憂愁，主動追求。對此，明朝人黃周星調侃說，魚老師這是在「誘人犯法」呀。

的確，在男權主導的社會裡，只要拋卻心中的條條框框，女性至少也可以獲得情感的自由，儘管這跟現實的自由還有很大的距離。

爲了這點內心的情感自由，魚玄機被同時代的男人罵作「娼婦」。直到元代之後，社會開始渴求這些自由，她才被奉爲典範，她的詩才被認可。明朝人鐘惺甚至說，魚玄機是「才媛中之詩聖」，是女詩聖。

但這些都是後話了。當她被嫉妒、猜疑、偏激與狂暴裹挾的那一刻，下重手打死了婢女綠翹，「魚玄機」三個字已經染上了不潔的濃郁腥氣。

大唐最後一個著名女詩人，僅留給時代一個悲哀的背影。

唐詩的最後六十年

一個時代遠去，來不及告別

唐武宗會昌六年（八四六），大唐又死了一個皇帝。

此前短短二十六年的時間裡，從元和中興的唐憲宗到會昌毀佛的唐武宗，唐朝先後換了五個皇帝。他們或因沉迷丹藥，暴斃而亡，或因宦官弄權，死於非命。

大唐的落日餘暉灑落大地，暮靄之間一片淒涼，憶昔貞觀治世時、開元全盛日，連影子都抓不住了。王朝遲暮，如蹣跚老者般踽踽獨行，一步步走向沉沉的黑夜。

同一年，年逾古稀的白居易與世長辭，元和詩壇的輝煌至此終結。

人生的最後階段，白居易在洛陽過著退休生活，居於東南隅的履道坊，自號香山居士。

此時的白居易不復當年銳氣，詩作中逐漸萌生歸意。晚年的他自嘲爲「中隱」，笑言「君若好登臨，城南有秋山。君若愛遊蕩，城東有春園。君若欲一醉，時出赴賓筵」。

人生就是一次又一次的告別。閒居洛陽的十幾年間，元稹走了，劉禹錫也走了，無人再與白居易唱和。

知音少，弦斷有誰聽。

與此同時，長安和洛陽存在幾個年輕詩人的群體，他們所引領的晚唐詩壇正在悄然崛起。

白居易當然知道，有個出身名門的後生，年方弱冠就以一篇針砭時弊的〈阿房宮賦〉名揚天下，又曾以一首〈張好好詩〉感傷風塵女子的悲劇生涯，一如自己當年的〈琵琶行〉。

這個後生，叫作杜牧。

白居易也曾與另一個年輕人見過面。他一組迷離朦朧的〈燕台詩〉讓洛陽歌女深深著迷，風靡一時。據說老頑童白居易甚至還曾對他開玩笑說，希望死後能夠投胎當他的兒子。

這個青年，叫作李商隱。

江山代有才人出，遙望天地之間，唐詩正在最後一絲光亮間綻放出絢麗的色彩。但白居易註定看不到唐詩的結局，那已不是屬於他的時代。

泊秦淮／杜牧

煙籠寒水月籠沙，夜泊秦淮近酒家。
商女不知亡國恨，隔江猶唱後庭花。

「十年一覺揚州夢，贏得青樓薄倖名」，風流的杜牧在江南留下不少印記。正因如此，近代學者劉大傑一度認爲，杜牧除了迷戀酒色外，別無長處。

其實，杜牧也有政治抱負。

出生於官宦世家的杜牧，自小享盡榮華，再加之家學淵源，年少時便已嶄露頭角。二十出頭的他，在論述秦亡教訓的〈阿房宮賦〉中暗諷唐敬宗大興土木、昏聵無能。儘管他並不讚賞白居易的詩歌，卻無疑深受其「文章合爲時而著」口號的感召。文中直言不諱地指出「族秦者，秦也，非天下也」，「後人哀之而不鑒之，亦使後人而復哀後人也」。

少年得意的經歷，養成杜牧豪放華麗的性格。他的人生狂放而不放蕩，詩歌風流而不下流。

停車坐愛楓林晚，霜葉紅於二月花。

南朝四百八十寺，多少樓台煙雨中。

砌下梨花一堆雪，明年誰此憑闌干？

東風不與周郎便，銅雀春深鎖二喬。

清明時節雨紛紛，路上行人欲斷魂。

這些佳句傳頌千古。

〈泊秦淮〉一句「商女不知亡國恨，隔江猶唱後庭花」更是哀歎國勢日衰，晚唐當權者若仍醉生夢死，國家必然危險。

燈紅酒綠中，杜牧彷彿已經看到大唐王朝的結局。

無論是朝政，還是人生，都讓杜牧感到失望。臨終之際，這個年少成名的天才為自己撰寫墓誌銘，閉門在家焚燒文稿，平生詩文僅留十之二、三。

漢學家宇文所安說，杜牧是遲來的李白，一位炫耀而神采十足的詩人，卻轉向內心和憂傷。

宮詞（其一）／張祜

故國三千里，深宮二十年。

一聲何滿子，雙淚落君前。

風流才子的好友，必有浪子。

會昌五年（八四五）秋，杜牧在池州任職，詩人張祜來訪，二人相談甚歡。

張祜是一位職業詩人，備受大眾追捧，被譽爲「才子之最」，卻不爲官場所容。唐穆宗在位時，聽說張祜才名，找來元稹打聽情況。元稹卻回答，雕蟲小技，或獎激之，恐害風教。

這是說，張祜的詩純屬雕蟲小技，如果陛下任用他，恐怕會敗壞朝廷的風氣。從此，張祜求仕屢屢碰壁，幾次赴京應舉也都徒勞而返，不得已終身以處士自居。後來，他的詩卻陰差陽錯地傳入宮中。

杜牧極愛吟唱這位友人所寫的〈宮詞〉，他曾寫詩盛讚張祜「可憐故國三千里，虛唱歌詞滿六宮」，「誰人得似張公子，千首詩輕萬戶侯」。

據說唐武宗死時，宮中一位孟才人爲其歌唱〈何滿子〉一曲，聲調淒咽，聞者涕零。數日之後，孟才人悲傷過度，腸斷而死。

「一聲何滿子，雙淚落君前」，張祜將這一淒絕的故事化作詩歌。

此詩深受宮女喜愛，在大明宮中傳唱。她們唱的是自己無可奈何的人生，幽居宮中數十年，在漫長的等待中耗盡了韶華。其實，她們在宮中的命運就像此時的大唐，再也不復當年「九天閶闔開宮殿，萬國衣冠拜冕旒」的氣象。

新添聲楊柳枝詞／溫庭筠

一尺深紅勝麴塵，天生舊物不如新。
合歡桃核終堪恨，裡許元來別有人。
井底點燈深燭伊，共郎長行莫圍棋。
玲瓏骰子安紅豆，入骨相思知不知。

大中九年（八五五），也就是杜牧去世的三年後，李商隱去世前幾年，科舉考場上爆發出一件驚天醜聞：當年考試題目被提前洩露，一個考生被發現雇請槍手代考。

這名作弊考生乃京兆尹柳熹之子，他所請的冒名頂替者，是文壇大咖——溫庭筠。

溫庭筠是沒落貴冑出身，《新唐書》稱其「工為辭章，與李商隱皆有名」，時稱「溫李」。

溫庭筠才思敏捷，自己屢試不第，倒是經常在考場上幫別人救場。每次應試，題目要求押官韻作賦，他在思考時兩手相拱，每次叉手寫成一韻，八叉手而成八韻，人稱「溫八叉」。

溫庭筠恃才傲物，甚至連宰相令狐綯（令狐楚之子）都敢得罪。

據史料載，唐宣宗是〈菩薩蠻〉這一詞曲的「歌迷」。令狐綯投其所好，私下請溫庭筠代替自己填一首〈菩薩蠻〉進獻給唐宣宗，並承諾給他豐厚的待遇。

如此大筆生意上門，溫庭筠自然欣然同意。只是令狐綯再三要求他不能洩露出去，溫庭筠竟然把這八卦傳得路人皆知，到處炫耀。

令狐綯很生氣，後果很嚴重。後來令狐綯在審查溫庭筠進士資格時，特意給他一個「有才無行，不宜與第」的評語。

放飛自我、一身傲骨的溫庭筠因得罪權貴，終生懷才不遇。在仕途受挫後，溫庭筠常流連於風月場，終成一代詞宗，作品多綺羅脂粉之詩詞，被譽為「花間鼻祖」。

絕望的尋歡，籠罩著死亡的陰影。

贈鄰女／魚玄機

羞日遮羅袖，愁春懶起妝。
易求無價寶，難得有心郎。
枕上潛垂淚，花間暗斷腸。
自能窺宋玉，何必恨王昌。

晚唐詩壇有一次命運的邂逅，是正值豆蔻年華的魚幼微與溫庭筠的相遇。

魚幼微出身娼門，自幼富有才名。溫庭筠惜其才情，主動做魚幼微的文學啟蒙老師，生性豪放的他絲毫不顧及魚幼微出身卑賤，傾盡心力教授，兩人常有詩篇往來，傳為佳話。

後來，在溫庭筠的撮合下，魚幼微嫁給狀元李億為妾。本是一段美滿姻緣，卻成為魚幼微悲劇的起點。

李億深愛魚幼微才貌雙全，與她度過一段和諧美滿的生活，但李億正妻一直嫉妒魚幼微受寵，對其百般刁難。

魚幼微自嫁入李家後，備受李億夫人欺凌。懦弱的李億顯然更在乎正妻家的權勢，二十二歲的魚幼微最終被負心郎無情拋棄，被迫前往京郊咸宜觀出家為道，從此改名魚玄機。

「易求無價寶，難得有心郎」，魚玄機大膽坦率的譴責道出了男權社會中無數女性的不幸遭遇。

更可悲可歎的是，魚玄機最終竟因打死婢女，被京兆尹溫璋處死。

一代才女，香消玉殞。

不第後賦菊／黃巢

待到秋來九月八，我花開後百花殺。

沖天香陣透長安，滿城盡帶黃金甲。

魚玄機爲情所困的那些年，黃巢正在謀劃幹大事。

黃巢不是詩人。他以販鹽爲業，年輕時也曾一心求取功名，屢次應試進士科，卻名落孫山。有的人落榜，悻悻然感慨自己是失敗者，黃巢這憤青卻從不懷疑自己的實力，只相信這是制度的問題。於是，他寫下一首〈不第後賦菊〉，滿懷憤恨地離開長安。

唐僖宗乾符二年（八七五），已成爲鹽幫首領的黃巢率眾回應王仙芝起義，轉戰於山東、河南一帶。

黃巢恨唐朝恨到骨子裡，一定要把大唐往死裡打。當王仙芝想接受招安時，黃巢痛斥老大革命立場不堅定，說：「當初我與你共立大誓，橫行天下。如今你自己去做官了，那咱們手下這幫兄弟咋辦？」

王仙芝戰死後，黃巢被推舉爲王，號「沖天大將軍」，集結起義軍擺脫唐軍圍剿，率軍南下廣州。

唐軍將領高駢派兵緊追不捨，起義軍損失慘重。恰逢那年嶺南大疫，死者十之三、四，起義軍命懸一線。

黃巢不愧是經商出身，想辦法賄賂了高駢部將大量黃金，懇請唐軍手下留情。高駢竟然相信起義軍行將潰敗，上奏朝廷稱叛亂不日將平定。朝廷一時大意，竟遣散了一部分平叛軍隊。

起義軍在嶺南得以喘息，黃巢趁唐軍懈怠、淮南空虛之機，大舉北伐，所到之處血流成河、城池盡陷，一度壯大到百萬之眾。

廣明元年（八八〇）十二月，唐都長安再一次陷落！

天竺寺八月十五日夜桂子／皮日休

玉顆珊珊下月輪，殿前拾得露華新。
至今不會天中事，應是嫦娥擲與人。

黃巢帶兵進入江浙時，將有「間氣布衣」之稱的皮日休招至帳下。皮日休出身寒微，求取功名的一大初衷是爲了民生疾苦。高中進士的次年中秋，他東遊至天竺寺賞桂，曾寫下這首〈天竺寺八月十五日夜桂子〉，意氣風發時的閒適之情溢於言表。

但是，如此閒情卻是一種奢侈。

儘管考中進士，皮日休卻一直擔任位低祿少的小官，親眼見官吏魚肉百姓，朝廷腐朽不堪。心憂天下的皮日休，將憂慮和憤懣化作文字，他曾自述：「賦者，古詩之流也。傷前王太佚作〈憂賦〉；慮民道難濟作〈河橋賦〉；念下情不達作〈霍山賦〉；憐寒士道壅，作〈桃花賦〉。」作爲憂國憂民的知識分子，皮日休曾批判道：「金玉石，王者之用也。」他認爲，正是因爲統治者貪戀金、玉，才使世人視之爲寶。其實，眞正珍貴的並不是財寶，而是粟、帛，「一民之饑須粟以飽之，一民之寒須帛以暖之，未聞黃金能療饑，白玉能免寒也」。

在蘇州，皮日休和志同道合的好友陸龜蒙唱和。魯迅先生說，在晚唐亂政下，他們「並沒有忘記天下，正是一塌糊塗的泥塘裡的光彩和鋒芒」。

或許正是爲了天下，皮日休才參加黃巢起義軍。黃巢敗亡後，皮日休下落不明，或說因故爲黃巢所殺，或說爲避禍流落江南。

王仙芝、黃巢起義歷時將近十年，之後，唐朝已名存實亡，只苟延殘喘了二十三年。

蜂／羅隱

不論平地與山尖，無限風光盡被占。

採得百花成蜜後，為誰辛苦為誰甜？

憤青黃巢因一時不順，舉兵在天下大鬧一場，同樣在科舉之路歷經坎坷的羅隱爲入仕努力了一輩子。

「採得百花成蜜後，爲誰辛苦爲誰甜」，羅隱寫下這首〈蜂〉托物言志，背後卻是「十上不第」的尷尬。

羅隱十次應試而不第，據說有一個原因是其相貌不佳。

唐朝吏部選人之法，對相貌頗爲看重，偏偏羅隱顏値不高，甚至可能有些醜。宰相鄭畋的女兒在讀完羅隱的詩後，一度成爲他的「死忠粉」，自稱非羅隱不嫁。有一回，羅隱前去拜見鄭畋，這位相府千金躲在簾後偷看。羅隱的容貌映入其眼簾，給她極大的視覺衝擊。等到羅隱離去，鄭畋之女發誓一輩子不再讀他的詩，連他同鄉的詩也不能倖免（「終身不讀江東篇什」）。

這眞是個看臉的時代。

羅隱吃了制度的虧，卻一生不忘對唐朝的忠誠。

惜花／韓偓

皺白離情高處切，膩紅愁態靜中深。
眼隨片片沿流去，恨滿枝枝被雨淋。
總得苔遮猶慰意，若教泥汙更傷心。
臨軒一盞悲春酒，明日池塘是綠陰。

前文提及的李商隱，曾以「雛鳳清於老鳳聲」誇讚當時只有十歲的外甥韓偓。

韓偓沒有辜負姨父的期待，在唐朝末年的詩壇開創了「香奩體」，搭上唐詩的末班車。

韓偓之詩多寫豔情，他本人卻是一個鐵骨錚錚的硬漢，始終忠於唐朝。

唐昭宗年間，朱溫入朝，專橫跋扈，滿朝皆驚。

一次，朱溫和宰相崔胤在宮廷宴會期間議事，殿上眾臣都識趣，避席起立，只有韓偓一人端坐不動，稱「侍宴無輒立」。朱溫見狀，頓時火冒三丈，怒斥韓偓無禮，又知道他爲昭宗所寵信，欲置其於死地。幸虧有大臣勸阻，韓偓才免於一死，只是被貶離京。

韓偓離開長安後，唐昭宗左右更無親信之人。天祐元年（九〇四），昭宗爲朱溫所弒，唐朝進入倒計時。

古今學者多認爲，韓偓的〈惜花〉是一首唐王朝的挽歌，是他在朱溫篡位之時所作的諷喻詩。「眼隨片片沿流去」，說的是君民四散飄零；「恨滿枝枝被雨淋」，說的是唐朝宗室被殺。

清人吳喬評價，韓偓以這一首〈惜花〉詩即可躋身唐代大家的行列（「韓偓〈惜花〉詩，即大家也」）。

台城／韋莊

江雨霏霏江草齊，六朝如夢鳥空啼。

無情最是台城柳，依舊煙籠十里堤。

詩人韋莊深知大唐王朝中興無望，以一首憑弔六朝古跡的〈台城〉道出往事如夢，繁華易逝，唐王朝也註定隨風消逝。

年近六十才得中進士的韋莊，也是大唐隕落的見證人。

黃巢攻破長安時，韋莊與親人失散，流落江湖。他將所見所感寫作一首〈秦婦吟〉，這是唐代長篇敘事詩的又一座豐碑。

「昔時繁盛皆埋沒，舉目淒涼無故物。內庫燒爲錦繡灰，天街踏盡公卿骨！」

全詩痛訴戰爭帶來的深重災難。

當朱溫篡權時，對朝中局勢心灰意冷的韋莊早已不在長安。半生經歷兵荒馬亂的他，遁入巴蜀之地，投靠西川節度使王建，只求歲月靜好，不再遭遇兵燹。

天祐四年（九〇七），唐朝滅亡。

韓偓在四處漂泊之後，在威武軍節度使王審知邀請下入閩。

然而，王審知向朱溫納貢稱臣，讓韓偓極爲反感，他到泉州城郊自建房舍隱居，號玉山樵人，從此不問世事。在朱溫篡唐多年後，韓偓仍然不用後梁年號，以唐臣自稱。

爲功名奮鬥了一輩子的羅隱，在五十五歲那年東歸吳越錢鏐幕下。

唐朝滅亡前夕，朱溫籠絡各藩鎮勢力。此時，羅隱卻向錢鏐進言，勸說其舉兵討伐後梁。大唐從來沒有給過羅隱一個肯定，可在王朝傾覆之時，他仍堅守道義，只求帶兵北歸，討伐反賊。

朱溫篡唐，韋莊卻「以兵者大事，不可倉卒而行」，力勸本有意興兵討伐的王建不可輕舉妄動。王建遂在蜀中稱帝，建立政權，史稱「前蜀」。韋莊被委以重任，前蜀法度多出自其手。除了作詩，韋莊亦擅長作詞，與溫庭筠同是花間派詞人的代表。晚年在蜀地，韋莊的主要創作都是詞。下一個王朝，是屬於詞的時代。

當大唐王朝已成往事，唯有唐詩永流傳，歷經初唐的萬象更新、盛唐的雄健氣勢、中唐的百家爭鳴、晚唐的華麗謝幕，一個屬於詩的時代就此遠去。遺憾的是，當時的人卻來不及和唐詩好好道別。

知識叢書 1115

詩裡的大唐・上

作　者—最愛君
主　編—李筱婷
封面設計—兒日設計
總 編 輯—胡金倫
董 事 長—趙政岷
出 版 者—時報文化出版企業股份有限公司
一〇八〇一九台北市和平西路三段二四〇號七樓
發行專線—（〇二）二三〇六—六八四二
讀者服務專線—〇八〇〇—二三一—七〇五
（〇二）二三〇四—七一〇三
讀者服務傳真—（〇二）二三〇四—六八五八
郵撥—一九三四四七二四時報文化出版公司
信箱—一〇八九九台北華江橋郵局第九九信箱
時報悅讀網—http://www.readingtimes.com.tw
時報出版臉書—http://www.facebook.com/readingtimes.fans
法律顧問—理律法律事務所　陳長文律師、李念祖律師
印　刷—勁達印刷有限公司
初版一刷—二〇二二年五月二十日
定　價—新台幣三五〇元
（缺頁或破損的書，請寄回更換）

時報文化出版公司成立於一九七五年，
並於一九九九年股票上櫃公開發行，於二〇〇八年脫離中時集團非屬旺中，
以「尊重智慧與創意的文化事業」為信念。

詩裡的大唐／最愛君著 . -- 初版 . -- 台北市 : 時報文化出版企業
股份有限公司, 2022.05
兩冊 ; 14.8*21 分 . -- (知識叢書 ; 1115-1116)

ISBN 978-626-335-397-8(上冊 : 平裝)
ISBN 978-626-335-398-5(下冊 : 平裝)

1.CST: 中國文學史 2.CST: 唐詩 3.CST: 詩評 4.CST: 傳記

820.9104　　111006620

ISBN 978-626-335-397-8
Printed in Taiwan